꾸역꾸역 클라이밍
5년차

꾸역꾸역 클라이밍 5년차

김병덕

느아익!

참으로, 우연히 클라이밍과 만나게 되었다.
운동을 하면서 변모된 나를 느낀다.
그 변화를 한 인간의 성장이라 해도 무방하리라.
영혼의 성숙과 육체의 단련을 이루게 해준 클라이밍,
그 앞에 겸허히 고개를 숙인다.

클라이밍을 하면서, '책을 내면 어떨까?' 하는 생각을 언제부터인가 했다. 유튜브나 인스타그램의 많은 동영상이 운동 당시의 순간을 외현할 수는 있으나, 클라이머의 내면까지 오롯이 담아내지는 못한다는 마음에서였다.

본격적으로 글을 써야겠다는 결심이 선 때는 침대에 나른하게 누워 있던 2022년 6월의 어느 일요일 오전이었다. 나는 몸을 벌떡 일으켜 책상 앞으로 다가갔다. 무엇을 어떻게 써야 할지에 대한 구체적인 계획이 없었음에도 첫 번째 글이 술술 풀려나왔다. 그 여세를 몰아 그해 여름과 겨울 방학 동안 원고를 쌓아 갔다.

열정 가득한 늦깎이 클라이머의 운동 이야기와 암장에서의 견문 내용, 그리고 기술적인 면에 대한 약간의 이론적 탐색이 혼재된 이 책은, 클라이머 누구라도 쉽게 읽을 수 있다. 독자들은 부담 없이 책장을 넘기다 우리가 그토록 '애정'하는 클라이밍에 대해 담소도 나누고 또 가볍게 고민도 해보는 시간 정도를 가지면 된다. 나는 이 책으로 '대한민국 클라이밍계에 지대한 공헌?' 따위의 망상은 애초부터 하지 않았다. 그저 클라이밍에 관심이 많은 누구나 편하게 읽으면 되는 것이다.

그렇다고 이 책을 내기 위해 기울인 공력이 적다는 말은 결코 아니다. 나는 지난 5년간의 운동 기억을 정밀하게 되살려 쓰기 위해 노력했고, 참고 서지와 인터넷 자료도 꼼꼼히 찾아 읽으며 원고의 완성도를 높이고자 했다. 이래저래 바쁜 일상사에, 시간을 아껴가며 원고에 매진했던 기억이 새롭다.

책에 나오는 기술적 부분을 감수한 조오종님은 세심히 원고를 살피고 적절한 조언을 주었다. 그는 어려운 무브를 직접 시현하는 노고도 마다하지 않았다. 암장 동료 회원인 장윤영님은 책의 그림과 표지를 담당했다. 그가 그린 각각의 컷들은 책의 내용과 잘 어울려 독자에게 책읽기의 즐거움을 배가시키지 않을까 한다. 두 분의 도움에 깊이 감사를 드린다.

어려운 무브 앞에서 당황하는 나에게, 예나 지금이나 친절한 조언을 아끼지 않는 암장의 동료들에게도 고마운 마음이 크다. 그들의 도움으로 한 단계 더 도약할 수 있었다.

글을 쓰고 원고를 교정하는 동안 시간이 또 흘러 이제 나는 클라이머 6년차가 되었다. 하지만 책의 주된 내용은 5년차 때의 이야기이기에 제목은 그냥 '꾸역꾸역 클라이밍 5년차'로 하기로 했다.

막연하게만 꿈꿔왔던 클라이밍 책, 『꾸역꾸역 클라이밍 5년차』가 이제 출간이 되었다. 많은 독자들이 이 책과 함께 클라이밍의 묘미를 만끽했으면 한다. 그리고 세상의 모든 클라이머 여러분, 언제나 '안클'하시기를!

2023년 한여름에
김병덕

차례

희노애락 클라이밍

운명처럼, 클라이밍

2018년 1월, 당시의 나는 매우 무기력했다. 2017년 9월에 아버님께서 별세하셨는데, 병간호를 하느라 지쳐있기도 했고 무엇보다도 깊은 상실감에서 헤어 나오기가 어려웠다. 그래서인지 아버님을 떠나보낸 이후, 나는 가까스로 힘을 내 강의를 하며 하루하루를 보내는 것이 고작이었다. '논문이라도 쓰자' 하며 의지를 다져보기도 했으나, 막상 책상 앞에 앉으면 영육이 천근만근 가라앉기 일쑤였다. 그렇게 허송세월을 보내다 보니, 몸도 마음도 점차 풀어져 '에라 모르겠다'는 심사로 곤두박질쳤다.

그러다 문득 정신이 든 것은 체중을 달아 보았을 때였다. 놀라운 것은, 안중근 의사의 저 유명한 "하루라도 책을 읽지 않으면 입안에 가시가 돋는다"는 말씀 앞에서는 큰 부끄러움이 들지 않았다는 점이었다. 대신 생애 최초로 몸무게의 숫자가 '8'로 시작되는 현실 앞에서는 크나큰 자괴감이 들었다.

어느덧 볼록 솟은 '똥배'를 보며 '아 이걸 어쩔?' 하고 전전긍긍하기만 했다. 운동만이 해결책이라는 것을 누가 모르랴? 하지만 나는 이제껏 살아오며 운동이라는 것을 해본 적이 거의 없었다. 내 돈 내고 한 달 등록한 수영 강습은 이틀 나간 후 작파했고, 친구들이나 동호인 모임 같은 데에 나가 운동을 해본 적도 없었다. 선천적으로 운동과 거리가 먼 성정이기에 그랬을 수도 있다.

그리고 운동과 거리가 먼 결정적인 이유 하나는, 내가 전공한 문학과도 연관이 크다. 현대소설 전공자인 내가 대학에서 공부할 때만 해도 문학청년은 왠지 심약하고 파리해야만 했다. 마치 그것이 '문청'의 필요조건인 것처럼 나나 대학 친구들은 잔바람에 떨어지는 가을의 빛바랜 나뭇잎처럼 존재감 없는 무게로 제 한 몸을 지고 다녀야만 했던 것이다.

거기에 더해진 우수와 상념의 고뇌…… 보는 시각에 따라 다르겠지만, 아무튼 우리들은 그 '재수 없는 포즈'로 버거운 세상과 맞서며 축축한 골방에서 음울하게 살아가는 축들이었다. 게다가 1920년대 우리의 문인들 중에는 "폐병에 걸려 죽고 싶다"는 말도 서슴지 않고 했는데, 그 암울한 분위기는 세대를 거치며 조금 퇴색되기는 했으나 여전히 '문청'들의 가슴 한구석에 잔영처럼 지워지지 않고 있었다.

선뜻 운동에 뛰어들지 못하며 발만 동동 구르고 있던 나를 클라이밍 집으로 선도한 것은 도서관이라 해도 무방할 듯싶다. 방학 때 주로 이용하는 집 근처의 도서관에 책을 반납하러 가다가 나는 운명적으로 〈산타 클라이밍〉 간판을 보고 말았다. 처음에는 '어 뭐지?' 했는데, 묘하게도 이내 마음이 달뜨기 시작했다. 얼른 도서관에 책을 반납하고 클라이밍 센터로 걸음을 재촉했다. 지하에 위치한 센터로 들어가기 전에 잠시 심호흡도 했으리라.

'산타'와 '클라이밍'이라는 단어에서 이곳이 무엇을 하는 장소인지 대충 짐작하기는 했으나, 그 구체적인 운동 상황에 대해서는 축구나 야구와 달리 전혀 가늠이 되지 않았다. 한 계단, 한 계단 천천히 내려가 입구에 도착했다. 반나마 열려 있는 문틈으로 들어서는 순간 운동하고 있던 몇몇 사람들의 친근한 인사.

"안녕하세요!"

나도 얼떨결에,

"아, 안, 안녀엉하세요."

생면부지의 나에게 하는 그들의 인사가 어색하기는 했으나, 아무튼 나는 느릿느릿 안으로 걸어 들어갔다. 천장에서 조명이 비추고, 합판에 알록달록 붙어 있는, 그때는 그것이 무엇인지 알지 못했던 홀드들, 그것을 붙잡고 용을 쓰며 기어오르는 사람들과 "어이쿠" 하며 두꺼운 매트가 깔린 바닥으로 굴러떨어지는 사람들. 경쾌한 음악과 가파른 숨소리. 그리고 무엇보다도 나마저 달아오르게 했던 후끈한 열기.

참으로, 어쩌다 나는 적지 않은 쉰두 살의 늦깎이로 클라이밍의 세계에 첫발을 딛게 되었다. 그러나 혹시 이것은 운명적 만남이 아닐까?

마의 13번 홀드를 넘어라

돌아오는 토요일 오후 2시, 그러니까 2018년 1월 27일 일일체험 시간에 맞춰 가기 위해 나는 좀 서둘렀다. 알 수 없게도 마음이 달떠 다른 일이 손에 잡히지 않은 까닭이었다. "그냥 운동하기에 편한 옷을 준비하여 오시면 된다" 했는데, 새삼 '편하다'의 의미는 무엇이며 '운동복'의 기준은 또 무엇인가에 대해 골똘히 생각해보기도 했다. 딱히 정답이 나오지 않을 일에 늘 펼쳐지는 상념의 나래는, 이제까지의 나를 '헤겔주의'적으로 살아오게 했다. 그러나 체험 후 운동을 계속하게 된다면, 나는 이제와는 다르게 삶의 궤도를 과감히 전환하고 싶다. 지나온 삶에 후회는 없으나, 가보지 않은 삶의 다른 방향에 대한 호기심도 지대했기에 그렇다.

운동복이라기보다 그냥 집에 있을 때 입는 편한 바지와 티셔츠를 준비해 나는 암장으로 갔다. 먼저 와서 운동을 하고 있는, 안면을 트기 전인 사람들의 인사 소리가 역시 우렁찼다. 옷을 갈아입고 스트레칭은 아니지만, 괜히 혼자 '삘쭘'하게 서 있기가 뭐해 사지를 요래조래 굴신했다. 눈으로는 벽을 오르는 사람들의 날랜 동작을 힐끗거리며 말이다.

마침내 생애 최초의 클라이밍 강습이 시작되었다. 그날 일일 수강생은 나 혼자였고, 교수자는 여성 매니저님이었다. 운동하는 사람들과 나누는 말들에서, 그가 밝고 호탕한 성격의 소유자라는 점을 짐작할 수 있었다.

"자, 이제 본격적으로 시작하겠습니다."

나는 초보자들이 강습을 받는 장소인 삼면의 직벽 앞에 섰다. 역시 무수히 많은 홀드들이 그 벽에도 붙어 있다. 어떤 홀드들에는 노란색, 하얀색의 띠가 붙어 있는데 그것의 의미까지는 알 수 없었다. 먼저 불시의 추락에 대비한 안전 착지법에 듣고 실행에 옮겼다. 다음으로 클라이밍의 가장 기본인 '삼지점'에 대해 들었다. 다른 직선 도형들에 비해 삼각형은 가장 안정적인 도형이다. 물론 난이도가 올라갈수록 전적으로 그것에만 의존하지는 않지만, 일단은 삼지점을 기반으로 등반이 진행된다.

자, 클라이머 여러분들 상상해보라! 지금 나는 잡기 편하고 큰 저그 홀드에 합손을 하고, 인사이드 스텝으로 양발을 어깨 넓이로 벌리고 홀드를 내리 디뎌 이등변삼각형을 만들었다. 자세를 낮춰 몸의 흔들림을 제어하는 동시에 허리 중심을 벽 쪽으로 바짝 붙여 팔의 부하를 최소화하는 '삼지점' 동작을 완성했다. 여기에서 '손-발-발-손'의 순으로 움직여 다음 홀드로 안정되게 이동할 것이다.

입문자들이 가야 할 첫 지구력 이름은 '새내기', '아, 나도 예전에 파릇파릇한 대학 새내기 시절이 있었지. 벌써 삼십 년도 넘은 일이네' 또 이런 회상이 잠시 들었으나, 홀드를 잡고 있기조차 버거워 어느새 그것은 벽 너머로 휘발되었다.

'아이고, 왜 이리 힘이 드냐?'

가만히 홀드를 잡고 있기만 하는 상황인데, 정말 죽을 맛이었다.

"자, 이제부터 새내기 지구력을 시작합니다. 총 31개의 노란색 홀드를 잡아야 하고 처음이시니 발 홀드는 제가 지휘봉으로 찍어드릴게요. 자 갑니다."

나는 홀드 밑에 붙어 있는 연두색 번호표를 따라 손을 뻗고 발을 옮겼다. 홀드를 하나하나 넘어갈 때마다, 뭐 별로 큰일을 한 것도 아닌데 희열이 밀려들었다. 숨은 가쁘기 시작했고 어느새 얼굴은 땀으로 범벅이었다. 그렇게 악전고투하며 12번까지 왔는데 문제는 13번 홀드였다. 매니저님이 발 홀드를 알려주었음에도 나는 13번 홀드를 잡다가 그만 추락했다. 몸을 살짝 비틀어 손을 뻗으면 닿을 듯한데, 약간의 차이로 홀드를 붙잡지 못하고 연거푸 "어이쿠" 하며 매트로 곤두박질치고 마는 것이다.

물도 마시고 휴식을 취했다 거듭한 도전에도 불구하고 나는 그 '마의 13번 홀드'에서 깊은 좌절감을 맛봐야만 했다. 자기 운동을 하며, 안간힘을 쓰는 나에게 응원을 해주던 이들도 낮은 탄식으로 안타까움을 표해주었다. 숨을 헐떡거리며 13번 홀드를 바라보던 나에게 기름을 붓는 매니저님의 한마디!

"새내기 지구력은 남녀노소 불문 95%는 성공합니다. 선생님은 그동안 너무 운동을 안 하셨네요."

그 둔중한 카운터 펀치에 나는 진짜 어찔했다. '남녀노소 95% 완등이라니……'

운동을 마치고 나오는 길에 아빠인 듯한 사람과 손을 잡고 암장에 들어서는 어린 여자아이를 보았다. 아니, 이렇게 어린 아이도 운동을 하나 싶었지만, 내 몸이 너무 무거워 그냥 심상하게 지나쳤다. 겨울인데도 아이스크림을 하나 사 먹고 집에 돌아오니 온몸이 녹아내리는 듯 무거웠다. 움직거릴 때마다 "아고고" 소리가 나도 모르게 절로 터졌다.

일단 샤워부터 하고 싶었다. 어디에 부딪혔는지 무릎께

에는 멍도 들어 있었고, 왼손 약지는 살갗이 벗겨져 있었다. 사나운 물줄기를 맞으며 고민했다. 이제 남은 문제는 하나, 이 힘든 운동을 계속할 것인가, 말 것인가? 묘한 것은 샤워 중에도 13번 홀드가 계속 어른거린다는 점이었다. 마치 당구 입문자들이 밤에 잠자리에 누우면 당구공과 큐가 눈앞에서 왔다갔다 한다는 '썰'처럼 말이다.

마침내 나는 결심했다. '그래 나도 남녀노소 95%에 포함되자!'

다음 주 월요일 나는 바로 암장에 등록을 했다. 그날 또 나는 예의 그 꼬마 아이를 만났다. 그가 바로 암장의 귀염둥이이자 마스코트인 미강 선배였다.

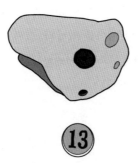

13

미강 선배와의 만남

이 파트는 지극히 사적인 내용이 주를 이룬다. 그런 한편으로 여기에서는 클라이밍 연령대에 관한 공적인 고찰을 해보고자 한다. 이 글을 전개하기 위해, 우리는 앞에서 만난 꼬마 아이를 떠올려야 한다. 나의 생애 최초 클라이밍 체험이 끝나갈 무렵, 아빠인 듯한 사람과 함께 손을 잡고 들어와 말없이 나를 지켜보던 그 아이 말이다.

사실 당시의 나는 그 아이를 제대로 살필 계제가 아니었다. 얼굴과 몸은 온통 땀에 절어 있었고, 가쁜 숨에 헐떡거리기조차 버거웠으며, 무엇보다도 몸이 천근만근이라 그냥 매트에 드러눕고 싶은 마음뿐이었다. 힘겨웠던 첫 운동이 끝나고 어떻게든 몸을 추스르는 순간, 그 아이의 밝고 가녀린 목소리가 암장을 울렸다.

"엄마, 아빠랑 지금 왔어."

그 아이는 나를 지도했던 매니저님의 딸, 그리고 함께 온 아빠는 암장의 센터장님이라는 사실을 그제야 나는 알게 되었다. 아이의 나이가 일곱 살이란 것과 이름이 미강이라는 점을 알게 된 것은, 내가 본격적으로 암장에 등록을 하고 나서였다.

이후 아이를 볼 때마다 나는 정말이지 입을 다물 수 없을 만큼 놀라곤 했다. 이제 고작 일곱 살의, 아직 소녀라고 부르기에도 너무 어린 그 가냘픈 여자아이가, 너무도 작고 여린 손으로 거침없이 홀드를 잡고 오르곤 했기 때문이다. 이게 도대체 가능한 일인가 싶어 한번은 아이의 손과 팔뚝을 만져본 적이 있다. 가을날의 앙상한 나뭇가지 같은 팔과 이쑤시개 같은 손가락으로 종횡무진 홀드 사이를 누비고 다닐 수 있다는 사실이 도무지 믿기지 않았다.

미강이는 이제 초등학교 5학년 학생이다. 그 또래 대개의 한국 학생들처럼 학교 가고 학원 다니느라 이제 예전처럼 암장에 자주 나오지는 못한다. 그럼에도 나뿐 아니라 암장 사람 거개는 농반진반으로 미강이를 '미강 선배님'으로 우러른다. 무려 네 살 때부터 홀드를 잡았으니 경력 8년 차의 미강 선배님에 대한 후배들의 극진한 예우는 어쩌면 당연한 것이다.

볼 때마다 일취월장하는 미강이의 클라이밍 실력을 감상하며, 클라이밍을 시작하는 적령기는 언제인가 하는 상념을 해본다. "늦었을 때가 가장 빠르다"와 같은 상투적 언술에 고개를 끄덕일 나이는 지났으니 진정 그 점에 대해 생각해본다.

에릭 허스트(Eric J. Hörst)는 '유소년 클라이머를 위한 트레이닝'을 논의하며, 대략 그 나이를 6살 정도로 본다.[01] 또한 히가시 히데키(東 秀磯)는 "클라이밍을 시작하는 연령이 낮을수록, 향상되는 스피드와 최종적인 실력 향상의 가능성이 높아진"[02]다고 보는데 정확하게 클라이밍 입문의 나이는 언급하지 않는다. 잭 나카네(Jack 中根)는 클라이밍이 "몸에 부담이 꽤 가는 스포츠인데다 진짜 (그것의) 재미를 이해하려면 초등학교 3-4학년은 되어야 할 듯하다"고 했다. 이와 더불어 아이들이 "일단 부상을 입지 않는 범위 내에서 놀이처럼 즐기"[03]는 것을 그는 권장한다.

나는 개인적으로 클라이밍 입문 적령기가 명확히 구획된다고 생각하지는 않는다. 대체로 위의 잭 나카네에 견해에 동의하며 학업 등으로 이래저래 스트레스를 많이

01   Eric J. Hörst, *Learning to Climb Indoors*, Falcon Guides, 2012, p.156.

02   히가시 히데키, 『스포츠 클라이밍 실전 교과서』(김인경 감수/허성재 옮김), 혜지원, 2022, 161쪽.

03   여기에서는 ROCK & SNOW 편집부, 『클라이밍 교과서』(김자하·이성재 감수/노경아 옮김), 보누스, 2016, 42쪽에서 재인용.

받는 우리나라의 아이들이 암장에 와서 안전하게 마음껏 홀드를 잡고 오르고 구르고 하기를 바랄 따름이다. 잘 알다시피, 클라이밍은 전신운동이며 집중력과 성취감을 높이는 데에 이만한 운동이 없다. 또 손을 사용하는 운동이기에 두뇌 계발에도 긍정적인 영향이 있으리라 생각된다.

이제 우리의 교육제도도 정말 바뀌어야 한다. 암장에 자주 오는 두 형제가 있다. 그들은 외국인 학교에 재학하고 있는데, 우리나라 학령으로 보면 고3과 중2의 나이이다. 외견상 그들은 입시나 학업에 그닥 큰 스트레스를 받지 않는 듯하다. 외려 그들에게 한 가지 종목 이상의 운동 능력 배양은 필수이고 악기 역시 한 개 이상 다룰 줄 아는 것이 교육 커리큘럼에서 매우 중요한 요소라고 한다. 그러니 그들에게 단순한 입시 위주의 학업이 주는 스트레스가 덜한 듯하다. 그들의 속내까지야 자세히 알 수 없는 노릇이지만, 아무튼 겉으로는 그렇다.

나 역시 한 사람의 선생으로서 그 점이 매우 부러웠다. 암기 위주의 공부, 입시 위주의 학업에 어릴 적부터 골병이 드는 우리나라 아이들을 생각하면 입시제도의 대대적 손질이 절실하다. 언제 그렇게 될지는 알 수 없으나, 아무튼 어린 학생들이 공부에만 치여 생활하는 일이 어서 빨리 해결되었으면 한다.

하여 많은 청소년들이 자유롭게, 다양한 종목에서 자신들의 에너지를 발산하는 생활을 하기 바란다. 그렇게 하다보면 세계 최고의 클라이머도 배출될 수 있지 않겠는가? 미강 선배 역시 네 살 때부터 엄마, 아빠 따라다니며 자유롭게 홀드를 잡고 오르는 것에서 출발해 지금에 이른 것이다.

한번 선배는 영원한 선배. 미강 선배 계속 화이링!

늦깎이 클라이머에 대한 주변 사람들의 반응

    내가 지금까지 살아오면서 열심히 해왔던 일은 다음의 네 가지이다. 첫째로는 강의인데, 이것은 직업과 연관이 있는 일이다. 생업이니만큼 누구인들 열심히 하지 않는 이가 있겠는가마는 나는 학생들을 가르치는 일에 보람을 느끼며 나름으로 최선을 다한다고 생각한다.

    둘째로는 저술 활동이다. 이는 나의 존재가치를 드러낼 수 있는 한 방편이 된다. 글을 쓰는 일은 언제나 힘들고 중압감에 시달리지만, 비록 커다란 학문적 성과를 내지는 못했어도 나는 논문과 책을 쓰는 일에 힘을 쏟았다.

    셋째로는 음악을 듣는 일과 오디오에 대한 관심이다. 어릴 적 팝송부터 시작된 음악 감상 이력은 이후 재즈, 우리나라 옛날 가요, 외국의 락으로 이어져 이제껏 지속되고 있다. 요즘은 좀 식었으나 한때 하이파이 오디오에 매료되어 세운상가와 용산 전자상가를 미친 듯이 쏘다닌 적이 있다.

여기에 클라이밍이 추가된다. 늦깎이로 시작한 이 운동에 나는 열과 성을 다하고 있다. 그러나 그런 나에게 주위 사람들은 대체로 신통치 않은 반응을 보낸다.

먼저 노모의 반응. 이 세상 어느 부모가 자식 사랑하지 않을까마는, 어릴 적부터 나는 유독 당신들의 사랑을 많이 받고 자랐다. 그 점 지금도 너무 감사한데, 어머님께서는 지천명의 아들이 아직도 어리게만 보이는지, 내가 운동을 갈 때마다 탐탁지 않은 눈길을 보내시곤 한다. 특히 운동을 시작한 초기에 그 시선은 더욱 따가웠다. 여느 날보다 운동을 열심히 하고 집에 와 "에구구" 하는 나에게 어머니는 마뜩잖은 표정으로 "아니, 그렇게 힘들어하며 뭐 하러 그걸 하냐? 그냥 걷기 운동이나 열심히 하라"며 대성일갈을 날리신다.

다음으로 친구들의 반응이다. 대략 사십여 년 넘게 우정을 쌓은 녀석들은 응원은커녕, 다음과 같은 말들로 나를 비웃는다. "뭣하러 그런 걸 하는겨? 그냥 우리랑 골프나 치자고.", "참 힘들게 산다. 쉽게 가자 잉!" 그들의 말이 장난이라는 것을 잘 알지만 나는 너희들에게 응원과 격려를 간곡히 원한다, 이 철딱서니 없는 녀석들아!

친구들은 나에게 또 결정적 상처를 주기도 한다. 5.11급의 난이도 높은 지구력 문제를 두세 달 걸쳐 낑낑대다 완등을 하고 단톡방에 "어허, 이 친구들아. 나는 오늘 5.11b를 정복했다네" 하고 올리면 "뭐라는 거여, 이 친구"라거나 "아직도 클라이밍인가 뭔가 하나?" 따위의 비수로 나의 가슴을 후빈다. 이보다 더한 고도의 완곡어법도 평생 잊을 수 없다. 난자 당해 핏자국 선연한 상처에 소금을 뿌리는 곡선의 언어. 회사에서 퇴직을 하고 동양철학에 빠져 사는 친구의 우회적 조롱은 이렇다.

"어헛 이 친구야, 헛되고 헛되도다. 오르고 올라도 결국 내려와야 하는 도로(徒勞)인 것을……"

물론 나의 클라이밍 운동에 박수를 쳐주는 이들도 존재한다. 내가 운동을 시작한 이후 "활력이 있어 보인다"고 말해준 선배, 팔뚝의 근육이 갈라지는 것을 보고 '오홋' 하며 놀라움을 감추지 않았던 직장 동료이자 선배 등등.

그리고 결정적으로 나의 클라이밍을 멈추지 않게 하는 강력한 동력인 학생들. 종강 때마다 나의 실내 암장 등반 동영상을 보여주면 그들은 입을 다물지 못한다. 난이도 높고 위험성도 있는 다이노로 볼더링 문제를 푸는 영상. 거기에 팔로만 매달려 홀드를 잡고 가, 꽤 고수가 볼더링을 하는 듯한 인상을 풍기는 캠퍼싱 동작의 화면을 보여주면 학생들은 "와!" 하는 함성과 함께 환호작약한다.

여기에 야외 암벽에서의 등반 영상을 최후의 비책으로 추가한다. 가령 청명한 가을 하늘의 간현암에서 오버행 등로(登路)를, 바위에 힐훅을 걸고 활어처럼 몸을 좌측으로 구부려 바위를 잡고 오르는 장면이 나오는 동영상을 보여주면, 강의실 분위기는 최고조에 이른다.

　그때면 나도 기분이 좋다. 너무도 좋다. 친구들아! 나는 너희에게 이런 반응을 원한다. 그리고 어머님, 걱정 안 하셔도 돼요. 어머니의 아들, 저 잘 하고 있어요!

클라이밍의 매력

어느덧 클라이밍을 시작한 지 일 년 반 가량의 시간이 흘렀다. 이제 나는 120도로 기울어진 암장의 오버행 벽에서, 젖 먹던 힘과 알고 있는 기술을 총동원해 이 악물고 사십여 개의 홀드를 기어올라 가까스로 5.10b 정도의 지구력 문제를 완등할 실력이 되었다. 물론 아직은 실패가 많지만, 어쨌든 완등을 찍었기에 성공 확률은 조금씩 높이면 된다.

이 문제에는 세 군데의 크럭스가 있었다. 하나는 손에 잘 잡히지 않는 작은 홀드, 또 하나는 홀드 간의 거리가 멀어 다음으로 진행하기가 어려운 구간, 나머지 하나는 아직 나에게 익숙하지 않은 핀치 홀드를 극복해야 하는 난관이 바로 그것들이다. 그럼에도 나는 "소 뒷걸음질 치다 쥐 잡은 격"으로, 아니면 운칠기삼(運七氣三)의 요행으로 한 달여의 천신만고 끝에 탑 홀드를 찍었다.

이 지구력 문제를 최초로 완등했을 때의 기억이 선연하

다. 완등 직전의 마지막 고비인 핀치 홀드가, 왼쪽의 다섯 손가락에 마치 사랑스런 연인처럼 착 감겨 들어왔을 때 나는 성공을 직감했다. 그 느낌은 이제까지 맛보지 못했던, 그러나 내면적으로는 감격이 벅차오르는 충일하고 행복한 순간이었다. 탑 홀드에 두 손을 올렸을 때 등 뒤에서 "나이스"라는 함성과 박수가 쏟아졌다. 이 문제를 풀기 위해 고군분투하던 나를 지켜보던 동료들의 격려와 성원이 유난히도 크게 들리는 날이었다.

이 기쁨을 "고국에 계시는 시청자 여러분……"께 중계하고 싶었으나 그것은 실없는 개그였고, 설혹 알린다고 해봐야 누구 하나 박수 쳐줄 사람도 없다. 하여 나는 만만한 고등학교 동창들과 함께하는 단톡방에 이 기쁨의 등정 소식을 알렸다. "형님이 오늘 오버행에서 5.10b 완등 찍었다! 어떠냐 친구들아?" 마치 눈보라 휘몰아치는 고산준령의 정상을 정복한 사람처럼 기세등등하게 글을 올렸으나 그들로부터 돌아온 답신은 대략, "뭐라냐, 이 친구. 아직도 클라이밍인가 뭔가 한다는 건가?"라거나 "욕봤다. 아주 에베레스트에 올라간 기세여. 나는 야코가 팍 죽어버리네"라고 코웃음을 치거나, "얌마, 나잇값 해야지. 우리랑 같이 골프나 치러 다니자."라는 회유의 답신 등등이 고작이었다. 친구 말마따나 정말 나잇값 못하고 살짝 울고 싶었으나 '참 클라이머의 결연한 성취를 세속의 배불뚝이 잡새들이 어찌 알겠나' 하는 마음으로 눙치며 쓰린 속을 달랬다.

오버행 5.10b 벽을 초등(初登)했고, 마침 토요일 오후라 소주 한잔 마시며 자축 파티를 했다. 내가 좋아하는 에릭 버든과 애니멀스(Eric Burdon & The Animals)의 LP 음반을 턴테이블에 걸어놓고 음악도 들었다. 이제 스피커에서는 〈Hotel Hell〉이 흘러나오고 있었다. 구슬프나 직진의 트럼펫 연주가 곡의 서두를 장식하고, 이어지는 기타 연주와 에릭 버든의 목소리가 울리는 노래. 가사 중에 나오는 "I'm all alone, And I'm so very far from my home……"이라는 대목에서, 나는 외롭지 않고 집에 들어앉아 여유롭게 소주를 마시고 있는데, 그러나 너무도 어이없게 문득 '클라이밍의 매력은 무엇일까?' 하는 자문이 들었다.

뜻밖으로 이 질문은 취미나 취향의 호불호에 관한 것이 아니었다. 어쩌면 이 문제는 철학적 의미를 함축하고 있다는 생각이 들었다. 그래서 나름의 자답을 얻기까지 며칠간 골머리가 지끈거리기도 했다.

클라이밍은 철저히 혼자 하는 운동이다. 그러니 그것은 '고독을 견디는 힘'이 전제되지 않으면 할 수 없다. 물론 인공 외벽이나 자연 바위 리드 등반에서 빌레이를 봐

주는 사람이 동반하기는 하나, 그것은 안전담보의 목적일 뿐, 등반에는 그 어떤 조력도 하지 않는다. 오직 등반자의 의지와 체력, 그리고 기술만이 완등의 성패를 가른다. 대체로 십분 이내에 승패가 나는 등반에서 성공을 위한 모든 판단과 결정은 오롯이 등반자의 몫이다. 운동을 위해 인원을 모으고 팀워크를 다지며 각자의 포지션에서 맡은 바를 수행하여 승리를 거두는 단체 운동과는 본질적으로 거리가 먼 종목이 바로 클라이밍인 것이다. 위에 거론한 노래 가사 "I'm all alone……"처럼 말이다.

클라이밍은 섬세하고 과학적인 운동이다. 클라이밍 초보자들은 이 운동을 힘으로 하는 것이라는 착각을 한다. 물론 힘이 없다면, 근력이 부족하다면 등반자는 자신이 목표한 성취를 이루기 어렵다. 대다수의 클라이머들이 감량을 하고 근육량을 키우기 위해 끊임없이 트레이닝을 하는 것은 그런 이유에서이다. 하지만 그것이 다가 아니다. 클라이밍은 등반자 자신의 몸을 잘 이해하고 적절하게 활용하여 목표를 성취한다. 몸의 작용-반작용과 중심 이동, 관성의 법칙, 그리고 힘의 합리적 분배와 손발이 홀드에 놓여야 할 각도 등을 예리하게 분석한 물리적 법칙을 등반에 적용해야 한다. 그런 섬밀한 눈썰미와 과학적 지식이 없다면 제대로 된 클라이밍은 불가능하다.

클라이밍은 전복적인 운동이다. 그런 면에서 그것은 저항적이다. 지구상의 모든 생물은 중력에서 벗어날 수 없다. 만물은 땅으로 떨어지기 마련인 것이다. 그 가공할 위력의 중력을 거스르고 안간힘을 쓰며 위로만 위로만 오르려 하는 클라이머는, 그렇기에 상투적이고 진부한 세상사를 거부하고 '수직의 힘'으로 도도히 상승의 욕망을 추동한다. 시 한 구절을 인용하여 비유하자면, 클라이밍은 마치 "지루한 세상에 불타는 구두를 던지는" 행위와 비슷한 스포츠라 할 수 있겠다. 그러니 이 고루한 세상을 뒤엎고 싶은 자여, 얼른 클라이밍 짐으로 달려가라!

클라이밍과 일상 생활의 변화

클라이밍을 하면서 나의 일상에 많은 변화가 생겼음을 새삼 깨닫는다. 그 변모의 시초는 돌에 대한 무한한 애정이다. 주변에서 흔하지는 않지만 도심에서 조금만 벗어나면 쉽게 접할 수 있는 그것에 대해 평소의 나는 그저 무심하게 지나쳤을 뿐이다. 그러나 이제는 바위나 암벽의 의미가 완전히 달라졌다. 나는 이제 김춘수 선생의 시 「꽃」에서처럼 그것들의 "이름을 불러주기" 시작했다. 친구들과 아주 이따금씩 등산 가면 보는, '큰 바위 얼굴'처럼 거대하게 서 있는 바위와 암벽들을 보고는 "이것은 십수봉, 저것은 표인봉……" 하면서 킬킬거리던 철딱서니 없던 예전의 나는 완전히 달라졌다.

외려 나는 이제 진정으로 칸트가 말한 숭고(崇高)의 미를 깨달을 수 있게 되었다. 숭고라는 단어의 어원은 고대 그리스어의 높이라는 뜻에서 파생하는데, 이후 칸트는 '비할 수 없이 무조건 큰 것을 수학적 숭고'로 보았다. 이

거대하고 위력적인 대상 앞에 인간은 처음에 공포감에 빠지게 되나 이내 그것은 경외감으로 전환된다.[04] 칸트가 언급한 이 역학적 숭고는, 실제 내가 원주의 간현암에 처음 갔을 때 느꼈던 감정과 한 치의 오차도 없다. 이 웅장한 느낌은 또한 야외 볼더링을 갔을 때 만났던 바위들에도 어김없이 적용되었다.

내가 청마 유치환 선생의 시 「바위」를 다시 음미하게 된 것도 그런 연유에서였다. 아아, "…… 비와 바람에 깎이는 대로/ 억년 비정의 함묵에/ 안으로 안으로만 채찍질……" 하는 바위 앞에서 유한하고 하잘것 없는 인간의 삶이란 얼마만큼의 무게를 지니는 것일까? 그럼에도 인간은 또 아름답고 고귀한 존재인지라, 설악산 노적봉의 릿지 등반 코스인 '한 편의 시를 위한 길'과 같은 아름다운 노명(路名)을 탄생시키기도 한다. 이처럼 나는 바위와 암벽 그 자체의 존재미에 흠뻑 매료된 상태이다.

다음으로 빠뜨릴 수 없는 것이 건강이다. 사실 클라이밍에 입문하게 된 제일의 요인도 감량 때문이었다. 현대인에게 비만은 건강 최대의 적이니 말이다. 열심히 클라이밍을 한 덕에 약 십 킬로그램 정도의 몸무게는 쉽게 줄였

---

04   편집부 엮음, 『미학사전』, 논장, 1988, 394-396쪽 참조.

다. 그 후로는 체중에 그리 집착하지 않고 먹고 싶은 것 즐겁게 먹고 운동 열심히 하고 있다.

운동으로 몸이 가벼워진 덕에 얻은 두 가지 건강상의 장점이 있다. 하나는 폐활량이 커져 일상에서 숨이 별로 차지 않는다는 것이다. 내가 주로 수업을 하는 강의실은 4층에 있다. 건물에 엘리베이터가 있기는 한데, 아침 수업 시간에는 학생들이 그것을 타려 길게 줄을 서 있는 상황이다. 그들 틈에 끼어 엘리베이터를 기다리는 것이 어색해 나는 주로 계단을 걸어 올라 강의실까지 가곤 했다.

문제는 4층에 오르면 가쁜 숨을 몰아쉬기 일쑤라는 것이다. 거기에 불과 얼마 안 되는 수의 계단을 올랐을 뿐인데, 종아리도 뻐근했다. 그러나 지속적인 운동으로 그것은 쉽게 극복되었다. 이제 나는 학생들과 계단을 올라도 더 빨리, 더 경쾌하게, 힘도 별로 들이지 않고 오를 수 있다.

클라이밍으로 얻은 건강의 효용 두 번째는 절친한 선배의 말로 알게 된 사실이다. 선배는 나에게 "운동을 하면서 얼굴에 활력이 생겼다"고 했다. 나야 뭐 매일 보는 얼굴이라 그런지 몰랐으나 오랜 시간 함께 교류해온 선배는 나의 변화를 금방 찾아낼 수 있는 모양이다. 선배의 말이 빈말이 아닌 것은, 내가 운동을 시작한 이후 그런 말을 여기저기서 많이 들었기 때문이다. 아, '아로나민 골드'를 안 먹어도 운동만으로 활력이 생기는구나!

거기에 나도 모르게 생긴 근육들은 부가의 선물이다. 나는 근육 생성을 전혀 의식하지 않고 그저 클라이밍을 했을 뿐이다. '이 나이에 무슨 몸을 만드냐?'는 생각도 있었을 것이다. 그러나 뱃살이 빠지면서 나도 모르게 근육이 만들어졌다. 자잘하게 만들어진 이 근육들을 나는 매우 사랑한다. 복근도 살짝 만들어져 있는 상태인데, 전에는 진짜 언감생심이었다.

운동으로 나에게 찾아온 일상의 변화 중 유일한 단점이 있다. 그것은 몸이 날씬해져 예전의 옷을 못 입는다는 것이다. 윗도리는 조금 커도 그럭저럭 입으면 되는데, 문제는 아랫도리이다. 이건 뭐, 바지를 입고 단추를 다 채워도 그냥 흘러내린다. 그렇다고 버리기도 뭐해 허리띠 바짝 조여 대충 입고 살고 있다.

오늘은 최고로 기쁜 날

애초에 목표 따위는 없었다. 그저 뱃살이나 빼고 몸무게나 좀 줄이면 그만이라는 마음이었다. 그러나 욕망의 동물인 인간인지라, 클라이밍을 열심히 하면 할수록 욕심이 생기는 것 또한 숨길 수 없는 사실이었다. 땀을 흘린 대가로 나의 지구력 능력은 향상되었다. 성취감도 점점 높아져 클라이밍에 더욱 빠져들었다. 처음 직벽에서 새내기 코스의, '마의 13번 홀드' 앞에서 번번이 고배를 마셔야 했던 과거의 나는 이제 암장의 지구력 최고 난이도인 5.12급만 남겨둔 상황이다.

5.12, 꿈의 등급이다. 내가 그 코스를 수행하게 되리라고는 꿈에서조차 상상하지 않았다. 나중에 알게 된 사실이지만, 그 코스가 5.12c급이었다면 애당초 도전조차 하지 않았을 것이다. 그러나 그 지구력 난이도 띠지에는 그냥 5.12로 적혀 있어, '한번 해볼까'하는 가벼운 마음이 들었을 뿐이었다.

여기에도 크럭스는 당연히 존재한다. 이번 코스의 크럭스는 네 개. 처음에는 힘겨웠지만, 코스를 분할해 시도해보니 세 개의 크럭스는 넘어갈 수 있었다. 문제는 결정적 난관, 37번 홀드가 완강하게 앞을 가로막고 있었다. 그 전에 왼손으로 잡아야 하는 36번 홀드의 손도 좋지 않기에, 37번 홀드는 얼른 스쳐지나 다음번 홀드로 넘어가야 한다. 그러나 문제는 그것이 크림프 홀드인데다가, 손가락이 단번에 들어가기 어렵게 홀드 윗부분에서 방해하고 있다는 점이다. 일시에 정확히 손가락을 넣어 홀드를 움켜쥐어야만 버틸 수 있는데 말이다.

너무도 창피했다. 그 37번 홀드 앞에서만 거의 한 달가량 고배를 마시는 처지였다. 센터장님과 동료들의 조언도 참고하고 나름으로 열심히 연구해 도전했지만 계속되는 실패에 자신감은 급격히 추락하는 상황이었다. 등 뒤에서 응원하며 나의 등반을 지켜보는 동료들 보기도 부끄러웠다.

게다가 시간도 나에게 심적 압박을 가중시켰다. 탈거일이 앞으로 사흘 남았기 때문이다. 사흘 후면 이제 그 문제는 영원히 사라진다. 전에 박완서 선생의 중편 「그 가을의 사흘 동안」을 감명 깊게 읽은 적이 있는데, 화자인 산부인과 의사의 절박하고 안타까운 심정이 고스란히 나에게 전이되어 오는 느낌이었다.

어떻게든 사흘 안에 이 문제를 해결해야 한다. 결의는 굳건했지만 사정은 막막하기만 하다. 운동을 가지 않는, 일요일 낮에 나는 성공을 위한 모색을 곰곰이 했다. 한 가지 희망은 전날 37번 홀드를 잡으며 정말이지 실낱같은 해결의 단서를 감지했다는 점이다. 수많은 경우의 수를 조합해, 이래저래 시도했던 이제까지의 방안을 과감히 포기하고 어제 시현했던 방식으로 최종 도전을 한다.

그 방법은 다음과 같다. 우선 36번 홀드를 잡고 디뎠던 왼쪽 발을 좀 더 멀리 보낸다. 36번 홀드를 잡고 있는 왼손을 잘 버티면서 오른쪽 발로 보라색 홀드를 밟는 동시에 드롭 니 동작을 취한다. 그리고 니바를 노란색 홀드에 깊게 걸어 버티며 37번 홀드에 안정적으로 손가락을 넣는다. 이후 얼른 38번 홀드로 이동한다. 그러면 작전 끝!

물론 잘 알고 있다. 머릿속의 계획과 실전이 다르다는 사실을…… 그간 이 과정을 얼마나 무수히 겪었단 말인가? 그럼에도 일단 성공의 상념은 나를 기쁘게 한다. 내일 학교 수업을 마치고 암장에 가 멋진 퍼포먼스로 완등을 하자! 마음이 괜히 달뜬다. 지천명의 나이는 인생이나 클라이밍의 성패에 일희일비하지 말라고 넌지시 일러 준다. 그럼에도 철딱서니 없이 흥분되는 이 마음은 '어

쩔?' 나는 속으로 마음을 달랜다. '야, 심장아 나대지 말라구!'

암장에 도착해 운동을 한다. 몸을 풀고 난이도가 낮은 지구력 문제를 풀고 볼더링도 몇 개 하지만 마음은 온통 5.12 문제에 가 있다. 암벽화 끈을 바짝 조이고 초크를 손바닥에 골고루 묻힌 후 드디어 5.12 문제 앞에 선다. 심호흡을 하고 손바닥을 탁 소리 나게 마주친 후 1번 홀드를 잡는다. 느낌이 나쁘지 않다. 순조롭게 29번 홀드까지 왔다. 다음으로 넘어가기 전 거기에서 팔을 털며 약간의 휴식을 취해야 한다. 머릿속에는 어제의 계획을 다시 떠올린다. 심호흡을 하고 무브를 이어간다. 자세를 낮추고 복근을 사용해 어제의 그림대로 몸을 이동하는데, 그만, 드롭 니가 되지 않아 니바를 제대로 걸지 못했다. 여지없는 추락이다. 매트에 드러누운 나는 힘이 쭉 빠짐을 느낀다.

결국 그 지구력은 완등하지 못 했다. 하지만 새로운 지구력 문제는 또 준비되는 것. 역시 5.12b 문제가 새롭게 출제되었다. 오버행에서 총 50개의 홀드, 군데군데 어려움이 있기는 하나 40번까지는 그럭저럭, 꾸역꾸역 올 수 있었다. 하강의 41, 42번 홀드가 나에게는 난제였다. 아웃사이드 스텝과 언더 홀드가 배치된 구간인데. 그 전에 힘이 다 빠져서인지 쉽사리 내려오기가 어려웠다. 센터장님과 동료들의 조언을 참고해 가까스로 그곳도 통과했다. 마지막 크럭스 47번 홀드 잡기.

먼저 5.12b 난이도에 도전한 다른 이들 거개가 여기에서 추락의 비애를 맛보게 된다. 이 구간에 오면 정말이지 온힘을 짜내야 한다. 사채업자들이 채권 회수할 때 한다는 "마른 오징어를 쥐어짜도 물은 나온다"는 잔인한 말을 되새기며 힘을 모은다. 힘든 크럭스이지만 그래도 사채업자에게 시달리는 것은 아니지 않느냐? 그러니 즐겁게 행복하게 부담은 갖지 말고 오르자.

44, 45번 홀드가 비교적 좋은 편이니 여기에서 팔을 털고 쉬자. 그리고 몸을 트위스트해 아홉 시 방향으로 작은 홈이 있는 46번 홀드를 잡자. 좋은 홀드는 아니니 신중하게, 손가락이 빠지지 않도록 손을 걸어 놓고 안정적으로 몸을 아웃사이드 스텝이 되게 한다. 그 다음에 꽤 높이 있는 발홀드에 인사이드 플래깅 식으로 다리를 뻗어 47번 홀드를 잡는다. 이어지는 활어 같은 도약. 나머지 홀드 세 개는 수월하다.

나는 심호흡을 하고 1번 홀드부터 등반을 시작한다. 몸이 가볍다. 호흡도 균일하게 이루어지고 있다. 나에게는 첫 크럭스 구간인 30번 홀드도 왼발로 힐 훅을 걸어 무사

통과. 부담스러운 41, 42번 홀드도 이번에는 제대로 내려왔다. 손이 먼 44번 홀드도 가까스로 잡고 숨을 고른다. 양팔도 털어가며 다음의 진행을 모색한다. 자, 이제 도약의 준비가 되었는가? 루트 파인딩을 하며 계획했던 대로 다시 오름짓을 시작한다. 오른발로 홀드를 미니 몸이 가볍게 붕 뜬다. 마치 고요한 심해를 유유히 유영하는 느낌이랄까? 적시에 손을 뻗어 47번 핀치 홀드를 잡았다. 서둘지 말고, 차분하게, 실수 없이 완등을 하자.

마침내 50번 홀드를 잡았다. 구경을 하던 동료들의 환호성과 박수가 터진다. 드디어 나의 첫 5.12b 지구력 문제를 완등했다. 5년 1개월 만의 쾌거! 눈물이 살짝 앞을 가리려 했다. 그간 많은 지도를 해주신 센터장님과 매니저님께 깊은 감사의 인사. 그리고 조언과 격려를 끼지 않은 암장 동료들에게도 고마움의 인사. 얼른 집에 가서 자랑해야지. 아, 그리고 친구들에게 단톡방에 5.12b 완등 소식을 알려야지.

친구들도 이번만큼은, "뭔가 열심히 하는구먼", "그래 장하다 내 친구야", "그레이드 더 높여 성공해라" 등등 칭찬 일색의 카톡이 올라오겠지.

나 스스로에게 대견함을 느끼며 암장을 나선다. 2023년 2월 하순, 마지막 추위가 기승을 부리는 날씨이지만 추운지 모르겠다. 지금의 나는 태양보다 뜨겁고 마그마처럼 시뻘겋다.

**누구나 처음에는
병아리일 수밖에**

강습의 필요성과 활용도

어린 시절, 뚝섬 그러니까 지금의 성수동에 살았다. 집에서 조금만 걸어가면 뚝방이 나오고 거기를 기어오르면 강변도로, 그곳을 가로지르면 우거진 수풀 너머로 한강이 보인다. 장마나 태풍, 그리고 홍수의 피해를 막기 위해 쌓아올린 둑 아래에서 유년기의 나는 친구들과 열심히 뛰어놀았다. 이따금씩 차들이 질주하는 둑 밑 주택가의 거친 아스팔트 위에서 무릎을 까져가며 축구도 하고 찜뿌도 하고 그랬다.

종일 뛰어놀다가 어둑해질 무렵이면 가끔 둑을 기어오르기도 했다. 특별한 이유는 없다. 등산가가 산이 거기에 있어 오르듯, 나와 친구들은 둑이 거기에 떡하니 버티고 서 있기에 그저 기어올랐을 뿐이다. 무슨 특별한 신발과 장비의 도움으로 자기 키보다 훨씬 높은 둑을 오른 것은 아니다. 헐렁한 반바지와 슬리퍼로 둑의 돌출한 부분을 요령껏 잡거나 밟고 올랐을 따름이다. 친구들 그 누구도 낙오는 없었다.

당시 둑을 기어오르는 방법에 대해 가르쳐준 사람은 없다. 그럼에도 우리들은 둑을 잘만 올라갔다. 그런 한편으로 '만일 둑이 더 높았다면 목표점까지 오를 수 있었을까' 하는 생각이 든다. 그러려면 힘을 절약하며 효율적으로 무브를 사용하고 둑에 돌출된 부분의 활용과 '오름짓'에의 요령 등이 필요했을 터이다.

클라이밍을 할 때, 강습이 필요한 이유 역시 여기에 있다. 벽을 오르는 역량은 어쩌면 인간이라는 종에게 변치 않는 유전적 형질로 내재되어 있을 터이지만, 그것을 계발하고 효율적으로 활용하는 데에는 강습이 필요하다는 판단이다. 요즈음에는 입문자들이 일일 강습만 듣고, 바로 클라이밍 실전으로 나가는 경우가 많은 듯한데, 그것은 장기적으로 볼 때 발전의 속도를 더디게 할 것이다.

클라이밍에서 강습의 필요성은 다음 네 가지 정도로 압축할 수 있다.

첫째, 강습은 일종의 생체험이다. 이는 일정한 상황에서의 동작을 교수자의 지도에 따라 실제 체험해 보는 것을 의미한다. 그 과정에서 피교수자는 자신이 행하는 무브의 의미와 적용 상황을 생생하게 이해할 수 있다. 이는 유튜브 동영상이나 클라이밍 서적에서 배우는 것과는 차원이 다르다. 마치 코로나19로 확산된 비대면 수업과 과거의 대면 수업의 차이라고나 할까? 아마도 이 변별성은 독자들이 더 잘 알고 있을 것이다.

둘째, 강습은 클라이밍에서 체계적으로 배운 지식을 적용할 수 있게 한다. 암장에서 함께 운동하는 동료들의 도움을 받을 수도 있겠다. 물론 그들의 조력도 중요하지만, 어디까지나 그것은 단편적인 임시변통의 해결책에 불과할 가능성이 크다. 그 각각의 조력을 한 궤로 엮어 다양한 등반 상황에서 적용하기는 쉽지 않다. 강습은 그 중구난방의 세목들을 정연한 틀로 피교수자에게 익히게 해, 어떤 상황에서도 활용할 수 있도록 도움을 주는 것이다.

셋째, 강습은 악습의 위험성에서 벗어나게 한다. 클라이밍의 동작은 정교하고 섬세해야 한다. 아차 하는 실수로 추락을 맛보는 일이 다반사이다. 그 실패를 막기 위해서는, 무브도 중요하지만 운동 시의 별것 아닌 습관들에도 주의를 집중해야 한다. 가령 작은 클림프 홀드를 잡을 때, 엄지를 손가락에서 습관적으로 떼면 어떻게 되겠는가? 가스통 홀드를 잡을 경우, 중심축이 아닌 균형을 잡는 발의 높이가 낮다면 다음 동작이 원활히 진행되겠는가? 이런 문제들은 사소해 보일지 모르지만 몸에 배어 버리면 고치기가 쉽지 않다. 일종의 악습이 되는 셈인데, 강습에서 이런 자세를 교정해주면 성장의 속도는 가속화된다.

넷째, 강습은 부상의 위험성을 줄여준다. 강습할 때에 교수자가 클라이밍의 기술적인 부분만을 지도하는 것이 아니다. 교수자는 피교수자의 운동 처방까지도 총괄하는데, 이는 클라이밍 전후에 모두 관계된다. 아울러 피교수자의 능력 정도에 따라 가능한 무브와 그 반대의 경우를 상정해 무리한 동작을 하지 않게 하기도 한다. 뜨거운 피만 믿고 자신의 실력에 비해 과한 무브를 행하다 부상을 당하는 클라이머를 우리는 주변에서 흔히 보지 않았는가?

어쩌면 일부 클라이밍 입문자들은 강습의 의미를 당장 실감하지 못할 수 있다. 야구라는 운동을 "공 놓고 공 치기"로 아주 간명하게 정의하는 이가 있듯이, 클라이밍은 "암벽 보고 암벽 오르기"에 불과한 운동일 수도 있으니 말이다. 그러나 거듭 말하건대, 클라이밍의 세계에 발을 조금 더 깊이 들이밀수록 이 운동이 얼마나 섬세하고 과학적인지를 절감할 수 있을 것이다. 그때 강습에서 배웠던 의미는 오롯이 되살아난다. 나 역시 그랬다. 강습 당시에 이해를 제대로 못 했던 의미가, 나중에 '아, 그때 배운 것이 이것이었구나' 하고 뒤늦게 깨달은 적도 많다.

완전히 적절한 인용 같지는 않지만,『장자(莊子)』에는 다음과 같은 구절이 있다. "막지무용지용(漠知無用之用, 쓸모 없는 것의 쓸모 있음)" 강습이 당장에는 불필요하다 생각할지 모르겠지만 클라이밍의 곤경에서 그것은 당신을 구원해줄 것이다. 그러니 서둘지 말라! 그리고 강습을 하며 의심하지 말라! 언젠가는 당신에게 '피가 되고 살이 될' 것이 확실하니까.

클라이밍의 기술이란 무엇인가

이제 겨우 클라이밍 6년차에 접어드는 내가 클라이밍 기술에 대해 언급하는 것은 어불성설일 터이다. "서당 개 삼 년이면 풍월을 읊는다"는 속담이 있기는 하나, 겨우 초보에서 벗어난 내가 클라이밍 기술에 대해 무엇을 어떻게 말할 수 있으랴. 그런 시건방은 클라이밍 베테랑들에게 큰 결례가 될지도 모르는 일이다. 그럼에도 이 절을 할애해 클라이밍의 기술적 측면에 대해 언급하는 까닭은, 내 나름의 수준에서 할 말은 있지 않을까 싶어서이다.

네이버 어학사전에 나오는 기술(技術)이라는 용어의 사전적 정의는 다음과 같다. ① 명사, 과학 이론을 실제로 적용하여 사물을 인간 생활에 유용하도록 가공하는 수단 ② 명사, 사물을 잘 다룰 수 있는 방법이나 능력. 그러나 같은 포탈의 영어사전에서는 기술을, ① (훈련 등으로 얻은) skill, ② (전문적인) technique로 포괄한다. 클라이밍에서 일반적으로 말하는 기술은, 국어사전의 ②와 영어사전의 ①과 ②를 통칭한 것으로 보인다. 그럼에도 뭔가 모호함이 남는 느낌은 어쩔 수 없어, 1988년에 발간된 *Webster's New World Dictionary* 제3판을 찾아보았다. 그 사전에는 기술이라는 단어에 대한 두 가지 설명이 있는데, 그 중 내가 찾던 의미는 다음과 같이 소개되어 있다.

skill - great ability or proficiency; expertness that comes from training, practice, etc.

해석을 해보면, 기술은 "훈련과 연습에서 나오는 놀라운 능력, 효율성, 그리고 전문성"을 뜻하고 있다. 이 의미를 클라이밍 기술에 적용하면 어떻게 될까? 혹시 우리는 인-아웃사이드 스텝, 드롭 니, 힐훅, 데드 포인트, 다이노 등등을 클라이밍의 기술이라 생각하는 것일까? 내가 참조한 책에는 그렇지 않음을 확인해준다. 위에 열거한 용어들은 무브의 제형식들이다. 이때 무브란 완등을 위해 클라이머가 구사하는 다양하고 특유한 동작들을 지칭하는데, 그것을 포괄적으로 '기술'이라 말할 수도 있겠다. 하지만 위에서 사전들까지 뒤적거리며 찾은 '기술'이라는 단어가 함축하고 있는 의미는 한결 심원하다. 그것은 클라이밍 기술에 대한 다음의 정의로 가능해진다.

climbing skill - a capability to bring about an end result with
maximum certainty, minimum energy, and minimum time.[05]

　해석해 보자면, "클라이밍 기술이란 최대한의 확신과
최소한의 힘과 시간으로 완등을 하는 역량"이라 할 수 있
다. 그러니 클라이밍 기술은 일종의 세기(細技)인 무브를
끊임없이 단련해, 완등이라는 최대의 효율을 성취하는 능
력인 것이다. 여기에서 우선 중요시되는 것은 자기 확신
이다. 도전하는 문제를 등반하기 전, 클라이머 누구라도
완등의 확신을 갖는 이는 없다. 열심히 준비했음에도 뭔
가 불안하고 초조하다. 이 심리적 동요를 완강한 확신으
로 다스려 자신감을 갖는 일, 그것이 클라이밍 기술의 제
일 요건이다. 명상이나 마인드 컨트롤 등의 방법으로 심
적 불안을 떨쳐내도록 하자.

　다음으로 최소한의 에너지를 통한 완등이다. 볼더링이
나 지구력 공히 문제를 해결할 때에 힘을 아껴야 한다. 그
렇지 않으면 문제를 해결하지 못하거나, 설사 완등을 하
더라도 다음 문제를 풀 체력은 고갈되고 만다. 그러니 힘

05　　Eric J. Hörst, 앞의 책, p.184.

을 최대한 절약해 등반을 하자.

마지막 시간의 요소도 의미심장하다. 시간을 아껴 등반한다는 것은 곧 힘을 아낀다는 말과 같다. 이를 위해 정확한 홀드 그립과 엣징으로 불필요한 시간 낭비를 없애야 한다.

이렇게 간략히 부연했지만, 위에서 정의한 클라이밍 기술은 상당히 포괄적 의미를 함축하고 있다. 중요한 것은 위의 기술을 익히기 위해 꾸준히 연마하고 자기 것으로 만들어야 한다. 그 지난한 과정의 축적은 위의 언술을 구체적으로 체화하는 데에 큰 도움을 줄 것이다.

초보자들이 잊지 말아야 할 사항

  암장에 첫 강습을 받으러 온 초보자들은 클라이밍을 매우 격렬하고 힘든 운동으로 생각한다. 외부인의 시선으로 본 클라이밍은 대체로 그런 인상을 풍길 듯하다. 땀을 뻘뻘 흘리며 홀드에 매달려 위로만 오르는 클라이밍은 어느 익스트림 스포츠에 견주어도 만만치 않은 운동으로만 보인다. 게다가 중력을 거슬러 상승하는 클라이머들이 꽤나 높은 지점에서 홀드를 밟고 가쁜 숨을 몰아쉬는 광경은, 힘겨움과 함께 초보자들에게 고소의 공포를 느끼게 하기에도 충분하다.

  막상 현장에서 부딪쳐본 초보자들은 예상했던 그 어려움을 실감한다. 강습자는 최대한 쉽고 요령 있게 클라이밍의 기초를 알려주지만, 그들은 떨어지지 않으려고 손과 어깨에 힘이 가득 들어 있다. 또 홀드를 딛고 이동해야 하는 발놀림도 어색하기만 하다. 그리고 몇 차례 홀드를 잡아보면 이번에는 손가락과 손바닥의 피부가 아프다. 한마디로 진퇴양난의 순간이다.

그래도 첫날의 짜릿한 체험을 잊지 못해 암장에 등록을 하고 본격적으로 클라이밍을 시작하는 사람들도 제법 된다. 이제 막 병아리 클라이머가 된 그들은 강습을 통해 조금씩 자신의 실력을 향상시키고, 점점 난이도 높은 지구력과 볼더링 문제에 접근한다.

지금부터 하는 이야기는 초보 클라이머들이 약 육 개월의 시간이 흐른 뒤에도 범하는 실수에 대한 것이다. 그들이 머릿속으로는 분명히 인지하고 있으나, 막상 실전에서 제대로 활용을 하지 못하는 그 부분을 이 글을 통해 점검해보기 바라는 마음이다.

그 첫째는 무조건 팔을 쭉 펴야 한다는 것이다. 아마도 손과 발의 거리를 제대로 잡지 못해 이 문제가 발생하는 듯한데, 초보자들 대개는 홀드 이동 중에 팔을 구부리고 있다. 이 경우 더 높거나 멀리 있는 홀드를 잡기가 어려워진다. 생각해보라, 굽은 팔과 쫙 편 팔 중 어느 것이 멀리, 그리고 높이 있는 홀드를 잡기에 용이하겠는가? 팔이 굽어진 각도만큼의 길이와 높이에 손해를 보는 것은 당연하지 않겠는가? 또한 팔이 굽어져 있으면 부하를 가중시켜 원활한 운행에 차질을 빚게 한다. 즉 팔에 금방 펌핑이 와 힘을 제대로 쓸 수 없게 되는 것이다. 이때 펌핑이란, 극

심한 활동으로 확장된 혈관이 근육을 부풀어오르게 하는 것을 의미한다. 만일 여러분들이 클라이밍 중에 팔뚝이 딴딴해졌다면 펌핑이 온 것이다. 클라이머는 그 펌핑을 최소화해야 하며, 그러기 위해서는 팔을 쫙 펴고 운행을 하는 것이 급선무이다.

둘째는 허리를 쭉 펴지 못한다는 점이다. 초보자들이 허리를 펴고 운행하는 것 역시 매우 중요하다. 그들 대개는 홀드를 붙잡고 엉거주춤한 자세로 앉아 있는 경우가 많다. 그러면 무게 중심이 벽에서 멀어져 추락하기 십상이다. 또 자신의 몸무게를 팔로만 버텨야 하기에 부하가 이만저만이 아니다. 엉덩이가 빠져 있다는 것은 몸이 벽에서 많이 떨어져 있다는 의미이기도 하다. 앞에서 언급한 대로 그런 동작은 효율적 등반을 방해하는 요소이다.

셋째로는 발 엣징의 문제이다. 초보자들은 엣징을 하기보다는 발바닥 전체로 홀드를 딛는 경향이 있다. 이 경우 홀드에서 미끄러질 공산이 크다. 아울러 밤톨만한 홀드는 아예 밟을 수조차 없고, 발바닥으로는 자신의 신체를 지지하기에 역부족이다. 즉 발에 힘을 넣을 수가 없는 것이다. 이것을 방지하기 위해서는 엣징이 필요하다. 강습 때 배운 인사이드와 아웃사이드 엣징을 기억하고 정확히 발을 '찍는' 연습이 필요하다. 또 발바닥으로 홀드를 디디면

뒤꿈치를 들 수가 없어 높이 있는 홀드를 잡기에도 불리하다. 꼭 발끝으로 홀드를 찍고 뒤꿈치를 들어올리는 습관을 들이자.

위의 설명을 이해하고 등반을 한다는 것은 이론적 지식의 습득이라는 측면에서 의미가 있다. 그러나 주지하는 대로, 이론의 실제적 적용은 녹록지 않은 일이다. 클라이밍 고수들도 처음에는 위의 사례와 같은 실수를 무수히 반복했을 터이다. 그럼에도 끊임없이 그것을 교정하고, 완벽한 자기 것으로 체화해 더 훌륭한 클라이머로 거듭날 수 있었을 것이다.

클라이밍 초보자들도 그 점을 반드시 명심할 필요가 있다. 큰 대회에서가 아니라면, 클라이밍에서 지피(知彼)를 할 필요는 전혀 없다. 오직 중요한 것은, 지기(知己)이다. 클라이밍은 혼자 하는 운동이기 때문이다. 하여 나의 등반 방식을 잘 알고 단점을 극복한다면 보다 나은 클라이머로 성장할 수 있다.

홀드와 친숙해지기

클라이밍은 결국 손으로 홀드를 잡고, 발로는 홀드를 딛고 목표점까지 안정되게 몸을 이동하는 행위이다. 그 과정에서 '손-발-발-손'의 순으로 홀드와 접촉하면서 다양한 무브들을 활용한다. 경우에 따라 위의 순서가 무시되기도 하는데, 특수한 상황에 따른 대처가 필요할 때 그렇다. 가령 플래깅의 상황을 떠올려보면 쉽게 이해가 된다. 측면으로 흔들리는 몸의 균형을 제대로 잡으려 할 때 이 무브를 이용해 이동하려면, 그 순서는 '손-손-발-손'이 된다. 다이노의 경우는 또 어떤가? 두 발로 홀드를 밟고 힘껏 도약하여 다음으로 이동하는 이 무브에서는 '손-손-발-발'의 차례로 수족이 홀드와 맞닿게 된다.

경위야 어떻든 클라이밍에서는 홀드를 지렛대 삼아 신체를 이동해야 한다. 그러니 클라이머가 홀드와 친숙해져야 하는 것은 필연적이다. 시중에 나와 있는 클라이밍 관련 서적들에 갖가지 형태의 홀드와 그것을 잡는 법이 소개되어 있는 연유도 바로 그 중요성을 증명하는 것이라 할 수 있다. 실제 자연 바위의 그 기기묘묘한 형상을 본떠 합성수지로 만들어진 인공 홀드 또한 천태만상이다. 그 다양한 홀드들을 요령 있게 대별(大別)해, 등반가들은 형태에 따라 이름을 붙이고 잡는 법을 가르쳐준다. 우리가 크림프나 핀치 홀드의 형상을 떠올리고 그 그립 방법을 숙지한 후 직접 실행해보는 것이 바로 그 내용들이다.

암장도 많고 홀드도 많다. 가격도 만만치 않은 것으로 알고 있다. 문제는 이 홀드들을 잘 잡고, 또 잘 딛고 다음으로 진행해야 하는 것은 클라이머의 숙명이다. 운동 초보 시절, 앞에서 이야기한 저 마의 13번 저그 홀드를 못 잡아 괴로웠고, 한동안은 크림프 홀드에 쩔쩔맸던 기억도 난다. 물론 여전히 곤혹스럽기는 마찬가지인데, 거기에 설상가상으로 그 작은 홀드에서 피아노 무브를 사용해 손을 바꾸려면 여전히 죽을 맛이다.

홀드 관련 복병은 또 있다. 예전에는 꿈도 못 꾸었던, 진행 상황에 맞춰 슬기롭게 잡아야 하는 각이 진 볼륨 홀드, 손바닥의 마찰력을 최대한 이용해 효율적 파밍이 요구되는 구형(球形) 슬로프 홀드, 또 45도 정도로 비스듬하게 경사지게 배치되어 아무리 꼬집어 잡아도 손이 빠지기 일쑤인 핀치 홀드 등 보기만 해도 주저앉게끔 하는 홀드들이 부지기수이다.

발 홀드는 또 어떤가? 난이도가 올라갈수록 그것들은 작아진다. 그 작은 홀드를 능숙하게 딛기 위해서는 많은 연습이 필요하다. 어떤 경우에는 홀드가 미끄러워 발이 빠지는 때도 허다하다. 자꾸 죽는 소리만 해서 좀 그렇기는 한데, 하나의 홀드에 손과 발이 얹어져야 등반이 가능한 맨틀링의 상황에 맞닥치면 등반이고 뭐고 그만 울고 싶기만 하다.

버거운 홀드는 등반의 장애물이기도 하지만 클라이머에게 부상의 위험성을 야기하는 시한폭탄이기도 하다. 조그마한 구멍에 손가락을 넣어 붙잡아야 하는, 경우에 따라서는 한 손가락만으로 몸을 지탱해야 하는 포켓 홀드는 손가락에 과부하를 준다. 가스통 기법으로 홀드를 잡는 상황에서는 어깨와 팔꿈치에 무리가 간다. 또 홀드를 감싸 잡는 랩의 상태에서는 손목이 자칫 상할 수도 있다.

그렇다고 등반을 포기할 것인가? 불굴의 클라이머들은 고지를 눈앞에 두고 절망하지 않는다. 비록 홀드를 능란하게 제압하지 못해 실패를 거듭하더라도 계속되는 도전으로 마침내 잡기 어려운 홀드를 통과한다. 그때 클라이머는 그 어렵던 홀드에 친밀감을 느끼는 동시에 성공의 쾌감을 맛본다. 하나의 홀드를 제대로 잡기 위해, 두세 달이 걸리는 경우도 있지만, 성취의 기쁨은 소비된 시간을 상쇄하고도 남는다.

이제 '홀드와 친숙해지기'라는 이 챕터의 제목에 걸맞게, 그것을 수행하는 나만의 비법을 공개하겠다. 첫째 위에서 말한 대로 홀드와 친밀해지기 위해서는 끊임없이 홀드를 잡는 방법이 최고이다. 그러다 보면 홀드와 등반자가 하나가 되는 어느 순간이 온다. 마치 열리지 않던 문이 갑자기 탁 하고 열리는 때의 안도감과 기쁨이 전율처럼 밀려드는 찰나라고나 할까.

다음으로는 '홀드에 평소에 잘하자'는 것이다. 암장에는 많은 홀드가 있지만 루트 세팅에 따라, 그것을 내가 잡을 때가 있고 그렇지 않을 때도 있다. 즉 지난번에는 내가 만졌던 홀드들인데, 이번 세팅에는 나의 실력 기준으로 난이도가 너무 높거나 낮은 데에 사용되어 지나치게 되는 경우이다. 이때 내가 도전하고 있는 홀드들에만 집착해서는 절대 안 된다. 그래서 나는 홀드들과 이렇게 친근성을 유지하고 있다. 만일 이번 세팅에서 나의 손이 안 가는 홀드들이 있다면, 내가 할 수 있는 문제를 풀면서 곁의 홀드들에게 이렇게 속삭인다.

"잘 지내고 있지? 언제 시간 내서 차라도 마시자!"라거나 "이번에 함께하지 못해 아쉽다. 다음에는 같이 할 수 있겠지?"

이렇게 홀드들과 나는 '절친'이 되어간다. 그 시간이 쌓이고 쌓이면 홀드들은 내가 잡을 수 있도록 은근슬쩍 틈을 내어준다. 이제까지의 경험으로 보자면 홀드들은 나에게 늘 그렇게 호의를 베풀어 왔다.

홀드의 방향성과 발 딛기

앞에서도 언급한 바대로, 클라이머가 홀드와 친숙해져야 하는 것은 숙명이다. 다양한 크기와 형태의 홀드에 손이 겉돌면 그것은 백발백중 추락이다. 각양각색의 홀드들은 저마다의 고유한 특성을 뽐내며 등반자의 손길을 기다리고 있기에, 클라이머들은 홀드 개개의 특성을 잘 이해하고 잡아야 다음으로의 진행이 가능하다.

초보자들은 맨 처음 큰 홀드를 잡고 엄지발가락에 힘을 주고 발끝으로 일어서는 인사이드 엣징을 공부한다. 그렇게 이동의 토대를 가다듬은 후, 클라이밍의 영원한 모태인 '삼지점'을 연속으로 만들어가며 등반을 하게 된다. 이 동작이 조금 익숙해지면, 다음으로 배우는 것은 아웃사이드 엣징이다. 이번에는 검지발가락에서 새끼발가락까지를 사용하여 홀드를 밟는다. 이 각각의 엣징으로 홀드를 딛고 버티다, 발을 내디뎌 다음 홀드로 이동하면 곧 스텝, 혹은 풋 워크가 된다. 그것이 유려하게 이루어지려면 홀드를 잡고 버티는 팔과 어깨, 그리고 코어 근육의 힘이 요구된다. 어떤 풋 워크를 하든 몸이 벽에 밀착되어야 한다는 점은 아무리 강조해도 지나침이 없다.

그런데 여기에서 초보자들이 간과하는 것이 하나 있다. 그들은 분명 강좌에서 홀드의 방향성에 대해 공부했음에도 불구하고 그것을 제대로 적용하지 못 하는 것이다. 그들은 무턱대고 인사이드 스텝으로만 등반을 하려 한다. 이때 홀드의 방향성을 염두에 둔다면, 훨씬 쉽게 완등을 할 수 있다. 지금 말하는 홀드의 방향성은 손이 홀드의 어느 부분에 들어가야 하는가의 문제이다.

원형 벽시계를 예로 들어 설명해보겠다. 천태만상의 홀드이지만 매크로 홀드를 제외하고는, 반드시 어딘가에는 우리의 손이 들어가거나 얹어질 홈은 파여 있는 법. 그것이 시계의 열두 시 방향에 있다면 그 홀드를 잡고 오를 때는 인사이드 스텝이 효과적이다. 여섯 시 방향의 홈도 마찬가지이다. 다만 이때는 언더 홀드가 되는 관계로, 인사이드 엣징을 활용하되 양발을 넓게 뻗어 손과 발로 자신의 몸을 지탱해야 한다.

그러나 만일 홀드 홈이 아홉 시 방향에 뚫려 있고 등반의 진행 방향이 오른쪽이라면 무조건 아웃사이드 스텝을 활용하는 것이 효과적이다. 그때 팔을 쭉 펴고 몸을 최대한 벽에 밀착시키면 부하도 적고 이동도 자연스럽게 이루어진다. 반대로도 생각할 수 있는데, 이때는 홀드의 홈이 세 시 방향으로 나 있을 경우이다. 이 상황에서 등반의 진행 방향이 좌측이라면 역시 아웃사이드 스텝을 이용해야 한다.

이 부분을 염두에 두지 않고 초보자들은 무조건 인사이드 스텝으로만 오르려 한다. 어쩌면 초보자들에게는 강좌에서 배운 적재적소의 풋 워크보다 완등 그 자체가 더 중요할지도 모른다. 그러나 인-아웃의 구분 없이 무작정 오르는 악습이 몸에 밴다면, 쉽사리 교정하기가 어렵다는 사실을 명심하자. 또 인-아웃 풋 워크로 등반하면서 감을 익혀 놓으면 등반 시 홀드의 방향성에 따른 적절한 대응이 가능해질 터이다.

이 점도 주의해야 한다. 홀드의 방향성을 알고 있기에 적절한 인-아웃 풋 워크를 활용하려 하지만, 어정쩡한 모양새로 등반을 하는 경우를 말이다. 특히 아웃사이드 스텝에서 벽과 홀드를 딛고 서 있는 발의 각도가 45도 정도로 되어 인도 아웃도 아닌 상황…… 아웃사이드 스텝에서는 그 각도를 30도 정도에 맞추는 것이 효율적이다. 그래야 진정한 아웃사이드 스텝이 되는 것이다.

인사이드 스텝만으로는 한계가 있다. 그것은 힘에 의

존한 등반 방식이기에 몸에 부하가 크고 또 보는 이에게
도 매끄럽지 못하다는 인상을 준다. 대신 홀드의 방향성
을 활용한 아웃사이드 스텝은 클라이밍의 기술과 홀드의
이용, 그리고 신체의 유려한 동작 등을 확보하게 해준다.
자, 당신은 어떤 동작에 집중할 것인가?

물론 예외의 경우도 있다. 이 부분은 초보자들이 무브
를 수행하기 어렵다. 일정 수준의 등반 이력이 쌓인 이들
에게 적용되는데, 가스통과 플래깅 무브 같은 경우가 그
렇다. 먼저 가스통 홀드의 경우는 무브는 아웃사이드 스
텝으로 진행되어야 할 것 같은데, 홀드를 잡는 손이 반대
인 경우에 만들어진다. 이때는 돌아가는 몸의 균형을 유
지하는 데에 상당한 어깨 힘을 요구하기에 초보자들이
수행하기에는 어려운 동작이다.

열두 시 방향에 홀드의 홈이 파인 경우는 당연히 인사
이드 스텝을 활용하지만, 몸이 흔들려 균형을 잡지 못하
게 되는 경우에는 아웃사이드 플래깅을 사용하는 경우도
있다. 그러나 이 둘은 초보자들이 보다 고수가 되었을 때
나 이용할 수 있는 무브들이다. 자, 그렇게 될 때까지 모두
열심히!

벽이 되어, 벽에 스며들어

암벽 등반은 결국 높고 가파른 바위벽을 기어오르는 행위이다. 그것은 볼더링이나 지구력이 공히 동일한데, 이때 암벽은 등반자가 넘어서야 하는 극복의 대상물이다. 하지만 암벽을 정복해야 할 적으로만 인식하고, 심리적으로 두려움과 과도한 승부욕을 동반해 오르면 결과는 필패이다. 등반자에게는 마치 '가까이 하기에 너무 먼 당신'과도 같은, 애증의 존재인 암벽……

그것을 제대로 오르기 위해서는 내가 거의 '벽이 되어, 벽에 스며들' 정도의 상호 밀착이 유지되어야 한다. 가령 홀드를 잡은 손의 팔뚝이 벽과 멀어져 들려 있다면 백발백중 추락이다. 엉덩이가 벽에서 빠져 있을 경우 역시 마찬가지이고 다이노를 할 때 몸의 상체가 벽에서 멀리 떨어져 뛰면 결과는 명약관화(明若觀火)이다.

벽에 몸이 가깝게 붙었을 때, 클라이머는 다음과 같은 효용을 얻을 수 있다. 첫째는 자세의 안정감이다. 눈을 감고 자신의 등반 초보 시절 상황을 상상해보라. 그냥 단순히 인사이드 스텝으로 저그같이 좋은 홀드를 잡고 등반을 하는 경우에도 팔뚝이 벽과 거의 45도 이상으로 들려져 있고, 또 양발의 무릎을 벽에 가까이 붙이지 못해 각도가 벌어져 있는 경우가 허다하다. 이때 필연적으로 엉덩이, 혹은 허리께의 무게 중심은 벽에서 멀어져 결국 추락을 피할 수 없게 된다. 이에 비해 실력이 조금씩 늘어 몸이 점점 벽으로 다가가 있는 경우는 어떠한가? 아마도 이때는 등반자나 뒤에서 지켜보는 사람 모두 편안함을 느낄 것이다.

다음으로는 몸이 벽에 최대한 가까워야 팔의 부하를 줄일 수 있다는 점이다. 등반 시 손과 발은 홀드를 이용해 우리의 무거운 몸을 지탱한다. 특히 사오십여 개의 홀드를 통과하는 지구력의 경우, 등반이 지속될수록 힘이 든다. 만일 오버행의 벽에서라면 그 어려움이 가중, 혹은 배가될 수도 있다. 그럼에도 우수한 클라이머들은 그 곤경을 넘어서 완등을 한다. 나름의 무브와 여타의 방법론을 동원해 난경을 넘어서는 그들은, 기본적으로 몸을 벽에 붙여 힘의 소모를 줄이는 방법을 활용할 줄 아는 이들이다. 클라이밍은 힘으로만 하는 운동이 결코 아니다. 그렇기에 등반 시 자신의 힘을 최대한 아껴, 효율적으로 완등을 해야 한다.

또 다른 효과는 무브를 자연스럽게 연결시킬 수 있다는 점이다. 우리는 등반을 하면서 의식, 무의식적으로 기술적인 무브를 활용한다. 그러나 몸이 뒤로 빠져 있으면 무브를 적절히 사용할 수가 없다. 일단 몸을 벽에 붙여야 무브가 무난하게 나온다. 몸이 벽에 밀착된 안정된 자세로 물 흐르듯 무브를 진행하면, 등반 시간도 당길 수 있고 낭비되는 힘도 줄일 수 있다.

마지막으로 몸이 벽에 밀착되면 먼 거리에 있는 홀드를 잡기에 용이하다. 런지나 다이노를 해야 할 정도로 멀리 떨어져 있는 거리에 다음 홀드가 있다면, 일단 손을 쭉 뻗어보는 경우가 대부분이다. 그래도 닿지 않으면 간절한 마음으로 발홀드의 최상단을 밟거나 뒤꿈치를 들어올려 가까스로 손에 홀드가 걸리게 하려 한다. 그러나 세터들 역시 그 상황을 너무도 잘 알고 있기에 그 방법만으로는 손이 홀드에 닿지 않게 한다. 그 작은 차이를 극복 가능하게 해주는 무브가 바로 트위스트이다. 이 무브는 클라이머가 진행 방향 쪽으로 몸을 틀어 회전력을 얻는 동시에 벽에 몸을 붙이게 돼 먼 거리의 홀드도 붙잡을 수 있게 해준다.

등반자가 벽이 되고, 벽에 스며들어 마치 벽과 하나가

되면 가장 좋겠다. 하지만 그것은 현실적으로 어려울 터, 적어도 벽에 들러붙어 있는 '껌딱지'라도 되자. 그러면 위에 열거한 장점을 직접 체감할 수 있을 것이다.

루트 파인딩의 중요성

　루트 파인딩, 클라이머가 등로를 살펴 효율적인 등반을 수행하기 위한 일종의 사전 탐색을 말한다. 이때 등반자는 어떤 경로로 완등을 할지 머릿속으로 치밀한 작전을 수립하게 된다. '아차' 하는 순간에 완등과 추락의 희비가 갈리는 클라이밍이기에, 루트 파인딩은 필수적이고 또 정교하게 이행되어야 한다.

　약 40-50여 개의 홀드를 오르는 지구력 벽에서 초등에 루트 전체를 숙지하기는 어렵다. 그러나 머릿속으로 그려놓은 긴 루트는 등반에 확실한 도움을 준다. 이에 비해 볼더링에서의 루트 파인딩은 상대적으로 수월한 편이다. 홀드의 개수가 많지 않아, 루트를 이미지화하기가 비교적 쉽기 때문이다.

　"눈으로 등반하라"는 말은 루트 파인딩의 중요성을 단적으로 상징한다. 이는 루트 파인딩이 등반 전에만 이루어지는 것이 아니라는 점도 방증한다. 등반 중에도 "위아

래뿐만 아니라 좌우도 살피고, 계속 손과 발을 연관지어서 홀드를 살펴보"라는 조언은, 루트 파인딩이 완등을 위해 끊임없이 수행되어야 함을 강조하고 있다. 그런 점에서 루트 파인딩은, 바둑의 격언에 빗대어 표현하자면 '아생연후살타(我生然後殺他)와 연맥이 된다 하겠다. "먼저 내 말이 살아야 상대방 말을 잡을 수 있다"는 이 살벌한 금언은, 클라이밍에서 발 홀드를 정확하게 밟고 안정성을 확보해야 다음 단계로 이행할 수 있다는 말과 다르지 않은 것이다.

그러면 루트 파인딩에서 클라이머가 꼼꼼히 살펴야 할 내용으로는 어떤 것들이 있을까?

첫째로는 위에서 언급한 대로 등로의 점검과 결정이다. 어떤 산이든 정상을 오르는 등산로가 하나만 있지는 않다. 등반가가 다양한 코스 중 하나를 선택해 산정(山頂)에 오르듯, 클라이머 역시 자신이 오를 등로를 익혀야 한다.

두 번째로는 등로에 어떤 방법을 동원해 오를 것인가에 대한 결심이 서야 한다. 특히 볼더링과 같이 짧은 구간을, 일시에 폭발적인 힘을 사용해 완등해야 하는 경우에는 그 방안이 더욱 확고해야 한다. 이때 활용되는 것이 다양한 무브이다. 우리는 이를 위해 그간 암장에서 많은 트레이닝과 함께 벽을 올랐다.

셋째는 고비가 되는 크럭스 구간을 어떻게 넘어갈 수 있을까에 대한 구체적 방안이 마련되어야 한다. 주지하다시피 크럭스 구간은 완등의 성패를 좌우하는 힘겨운 지점이다. 대체로 이곳을 통과하면 나머지 부분은 비교적 수월하게 오를 수 있다는 사실을 우리는 경험으로 알고 있다.

넷째는 홀드의 형태와 크기, 그리고 그것이 어떻게 배치되어 있는가도 신중하게 살펴야 한다. 이런 상황을 염두에 두고 클라이머는 홀드를 어떻게 잡을 것인가, 발은 홀드의 어디쯤에 디뎌야 할 것인가 등을 결정하게 된다. 이 부분은 상당히 섬세한 영역으로 만전을 기해 살펴야 등반에 도움을 얻을 수 있다.

마지막으로는 실제 등반 중에도 끊임없이 루트 파인딩을 해야 한다는 점이다. 이때는 주로 발 홀드에 주의를 필요로 한다. 그러나 많은 클라이머들은 발 홀드보다는 다음으로 진행되는 손 홀드에 신경을 집중하는 경향이 있다. 그들 대개는 다음으로 진행해야 할 손 홀드에만 시선을 고정하고 무브를 진행한다. 이는 등반자의 완등에 대한 욕망 과잉으로 조급함을 드러내는 하나의 징조인데, 만일 백스텝으로 등 뒤의 홀드를 잡아야 하는 경우, 미리 발 홀드의 위치를 정확히 확인해두지 않으면 미끄러질 공산이 크다.

자, 이제 루트 파인딩이 끝났다면, 자신을 믿고 오를 일만 남아 있다. 애초에 루트 파인딩을 한 대로 한 치의 착오 없이 조심스럽게, 때로는 폭발적인 무브를 동원해 홀드에 도전하자.

**안전하게
클라이밍 잘하기**

'안클'의 최전선

　과거와 달리 이제 클라이밍 암장은 곳곳에서 쉽사리 발견할 수 있고, '클린이'들도 대거 유입되고 있는 상황이다. 블로그나 인스타그램에는 수많은 '클린이'들과 고수 클라이머들의 사진과 동영상이 속속 업로드되고 있다. 나 역시 한 사람의 클라이머로서, 이 운동이 많은 대중들에게 사랑받고 있다는 점은 매우 기쁘고 뿌듯하다. 그리고 이 추세는 앞으로도 지속될 것으로 예측된다. 이러다 혹시 암장이 동네 헬스장처럼 우후죽순으로 많아지는 것은 아닐까?

　주지하다시피 클라이밍은 쉬운 운동이 아니다. 양손과 발로 무수한 홀드를 붙잡거나 밟고 중력을 거슬러야 하는, 어쩌면 자연의 이치에 역행하는 클라이밍이 어찌 쉬울 수 있겠는가? 이러한 심리적 부담감과 체력적 힘겨움, 그리고 다양한 부상의 우려에도 불구하고 많은 이들은 클라이밍에 열광한다.

'꾸역꾸역' 5년 동안 클라이밍을 하며 많은 클라이머들을 보았다. 처음 강습을 받으러 온 사람들부터 초절정 고수들까지, 이루 셀 수 없을 만큼 많은 클라이머들을 말이다. 그들과 함께 운동하면서 절실히 깨달은 것은 부상 없이 운동을 해야 한다는 점이다. 클라이밍 중에 발생하는 부상은 경우에 따라 중상으로 이어지기에 보다 주의를 기울일 필요가 있다.

부상의 예방책으로 단연 워밍업을 들 수 있다. 몸을 풀지 않고 바로 본격적인 문제에 도전하면 이래저래 탈이 나기 마련이다. 그리고 여차하면 큰 부상으로 이어지는 경우도 다반사이다. 약 10-15분가량의 워밍업은 경직되어 있는 신체를 이완시켜 유연성을 높여주고, 몸을 덥혀 근육 에너지를 생성시킨다.

그러나 종종 어떤 클라이머들은 그저 팔을 두어 번 흔들거나 무릎 서너 번 굽히는 것으로 몸풀기를 끝내고 바로 어려운 문제에 돌진한다. 비록 그들이 피 끓는 한창의 청춘들이기는 해도 위험천만한 일이 아닐 수 없다. 완전 초보자들은 간단한 체조나 스트레칭으로, 클라이밍 유경험자들은 쉬운 볼더링 문제들을 풀며 몸에 땀을 내고 목표했던 문제에 접근하자. 그럴 때에라야 완등의 성공률도 더 높아진다.

'안클'에서 중요한 또 하나의 요소는 착지 상태에 있다. 부상은 예고하고 찾아오지 않는다. 나 역시 '암장순례'를 가서, 몇 차례 실패했던 볼더링 문제에 도전해 마침내 탑 홀드를 잡으려다 불시에 추락해 왼쪽 발에 부상을 당한 적이 있다. 나는 '비겁하게 클라이밍 하기'에는 거의 초고수급 내공을 지닌 사람이다. 그럼에도 병원 신세를 지고 말았다. 다행히 큰 부상은 아니었기에 물리치료와 침치료를 병행하며 약 한 달여 만에 치유를 하기는 했다.

일단 빌레이가 확보된 자연 바위나 외벽은 차치하고, 실내 암장의 경우 클라이머들은 정말이지 무수히 매트에 내동댕이쳐지기 일쑤이다. 별안간에 매트로 떨어질 때도 최대한 안전하게 추락해야 한다. 떨어질 때 우선 푹신한 매트를 믿어야 한다. 많은 암장의 매트는 클라이머의 안전을 위해 비교적 많은 돈을 들인 것이다. 그 안전성을 신뢰하고 추락하되 반드시 두 발이 매트에 먼저 닿아야 한다. 머리, 어깨가 매트에 먼저 닿을 때는 부상의 위험성이 한결 커진다. 아울러 손을 먼저 짚는 것도 금물이다. 손으로 내 몸무게를 감당할 수는 없다. 그렇기에 손이 먼저 닿으면 손목이나 손가락에 중상을 입을 수 있다.

두 다리가 먼저 매트에 닿았을 때도 가만히 있으면 무릎과 허리에 과한 충격이 간다. 그렇기에 발이 매트에 착지하면 자연스럽게 뒤로 구르기를 해 등까지 매트와 접촉해야 한다. 이렇게 해야 충격이 몸 전체로 분산된다.

사소한 것이지만, 완등 후 하강할 때에도 뛰어내리지 말자. 어렵사리 완등을 하고 기쁨의 환희에 나도 모르게 펄쩍 뛰어내리게 된다. 나 역시 '그러지 말자'고 다짐을 계속하지만 까맣게 잊어버릴 때가 허다하다. 고공에서 뛰어내리면 무릎과 허리에 무리가 갈 것이 자명할 터인데도 말이다.

이 매력적인 클라이밍을 안전하게 계속하려면 부상에 조심하는 수밖에 없다. 한번 부상을 당해, 휴지기를 갖게 되면 그간 쌓아왔던 실력이 물거품이 될 수도 있다. 또 안전의 문제는 누구도 도와줄 수 없다. 오로지 클라이머 자신이 안전 문제에 주의를 기울이고 경계해야 한다. 방법은 그것밖에 없다.

'비겁하게' 클라이밍 하기

이것은 용기에 관한 문제가 아니다. 이것은 단지 나이에 관한 문제일 뿐이다. 클라이밍 5년차에 접어드는 2022년, 신년이 되기 전에 나는 중대한 고민에 빠졌다. 그것을 셰익스피어의 햄릿이 한 말을 패러디해 밝히면, "To fly or not to fly, that is the question!"이 된다.

이 말인즉슨 그동안 정말 몸을 사리며 '비겁하게' 클라이밍을 했던 내가 5년 차에 접어들면서 어떤 한계상황에 직면했음을 의미한다. 물론 지구력을 중심으로 운동을 하지만, 이제 더 이상 과감한 런지, 다이노, 사이퍼 같은 동적 무브를 외면할 수 없는 상황에 봉착했다. '그냥 가늘고 길게 갈까? 아니지 그래도 클라이머로서 한번 몸을 날려 홀드를 잡아봐야지…'와 같은 번민은 2021년 연말의 나를 고뇌에 빠지게 했다.

물론 이제껏 위에서 거론한 동적 무브를 활용하지 않은 것은 아니다. 하지만 먼 거리의 홀드를 잡기 위해 몸을 던지는 역동적 무브를 비교적 삼갔던 것이 사실이다. 그렇게 나는 '비겁하게' 클라이밍 하기의 달인이 되어가고 있었으나, 클라이밍 실력이 향상될수록 보다 먼 거리의 홀드를 한 번에 잡을 수 있는 능력의 필요성도 절감했다.

그럼에도 결연하게 실행에 옮기지 못하는 연유는, 역시 부상의 두려움 때문이다. 실제 나는 다이노를 하다 골절이 되어 응급실로 실려 가는 클라이머를 눈앞에서 보기도 했고, 며칠 전까지 멀쩡했던 동료가 깁스를 하고 나타나 놀랐던 적도 몇 번 있었다. 그들의 부상 대개가 강한 추동력으로 몸을 던져 홀드를 잡으려다 발생했다는 이야기를 들으면, 나도 모르게 몸과 마음이 위축되기 일쑤였다.

잘 안다. 그들의 과감한 무브의 원천은, 맨몸으로 날아오르고 싶다는 인간의 원초성과 함께 허공을 비상하여 멀리 있는 홀드를 잡으려는 클라이머의 숙명이 혼합된 욕망의 산물이라는 것을…… 그리고 그들에게는 그것을 성취할 체력과 투지가 젊음이라는 빛나는 자산 속에서 황홀하게 빛을 발하고 있다.

하여 셰익스피어는 말했을 것이다. "젊은 사람과 경쟁하지 마라. 대신 그들의 성장을 인정하고 그들에게 용기를 주고 그들과 함께 즐겨라"라고. 운동을 시작할 때부터

'젊은 동료들과 경쟁하면 나만 다친다'는 주의로 임했던 나는 그들과 실력을 다툴 마음은 예나 지금이나 추호도 없다. 문제는 나의 의지, 아니면 나와 홀드와의 상황에서 파생할 뿐이다.

그렇게 줄곧 망설이기만 하던 내가 결단을 내려 몸을 던지게 된 계기가 마련되었다. 하나는 볼더링 파티에 새롭게 나온 문제를 풀지 못한 것에 있다. 볼더링을 하다보면 꼭 풀고 싶은, 클라이머들끼리 흔히 말하는 '존버' 문제가 있기 마련인데, 새로 접한 51번 문제가 그러했다. 거기에 '암장순례'를 온 중학교 1학년 두 학생의 거침없는 약동에 자극을 받기도 했다. 그들은 오자마자 몸도 안 풀고 V6급의 문제에 서슴없이 몸을 내던지는 것이다.

나는 심호흡을 크게 하고 51번 문제 앞에 섰다. 양손 출발 손 홀드는 좋다. 오른쪽 발 홀드가 너무 작기는 하나, 스타트에서 제법 먼 우상향 홀드를 잡고 연이어 강한 추동력을 통해 런지로 그 다음 홀드를 잡아야 한다. 탑 홀드는 나쁘지 않으니 안심해도 된다. 그 전에 시계추처럼, 몸을 좌우로 흔들어 탄력을 얻어, 이때다 싶은 그 '결정적 순간'에 나는 새처럼 몸을 날렸다. 그 일순간에 실로 만감이 교차하는 도중, 어이없게도 『중용(中庸)』의 한 구절도 떠올랐다.

鳶飛戾天(연비려천) 魚躍于淵(어약우연) 言其上下察也(언기상하찰야).

솔개가 하늘을 날고, 물고기는 연못 속에서 뛰어오른다. 천하의 물생이 하늘과 못, 각각의 자리에서 본성에 따라 살아가고 있구나.

이 도전의 성패 여부는 독자들의 상상에 맡기겠다.

스트레칭만이 살길이다

노마 가르시아파라(Nomar Garciaparra)라는 메이저리그 야구선수가 떠오른다. 그는 현역 시절 보스턴 레드삭스에서 전성기를 보내며 뛰어난 실력을 자랑했다. 맞수인 뉴욕 양키스의 데릭 지터(Derek Jeter)와 유격수로서 자웅을 겨루던 그는 총 여섯 차례나 올스타로 선정되었는데, 빅리그 14년 동안의 통산 타율이 0.313이고 유격수 통산 ops는 0.882로 역대 2위의 기록을 쌓기도 했다. 현재 그는 L.A 다저스 경기 중계 해설로 야구와의 연을 계속 잇고 있는 중이다.

그 야구선수가 불현듯 상기된 것은 루틴과 관계되기 때문이다. 타격 박스에서 가르시아파라의 루틴은 정말 요란하기 그지없다. 타석에 들어서면 그는 우선 왼손으로 배트의 노브를 잡고 우측 어깨에 방망이를 걸쳐 놓는다. 다음으로는 양손의 배팅 장갑을 손목 위로 끌어올린다. 이후 양손의 손목보호대를 두어 차례 팔뚝 위로 올리고 오른손을 보호대에 잠시 얹어 놓았다 본격적으로 타격 자세를 잡는다. 이때 오른손을 왼쪽 어깨에 얹기, 그리고 헬멧을 툭 치기, 배트를 앞으로 서너 번 돌리는 것도 필수이다. 그 기나긴 루틴을 실행하는 선수임에도 그가 초구를 매우 선호한다는 것은 좀 아이로니컬하다.

클라이밍장에서 스트레칭을 할 때마다 노마 가르시아 파라를 떠올리며 피식 실소를 흘린다. 그처럼 나 역시 운동 시작 전후에 나름의 루틴을 수행하기에 그렇다. 적지 않은 나이이기에 아무래도 나는 유연성이 떨어진다. 그점은 초등학교 때부터 알고 있었다. 당시 체력검사에는 상반신을 앞으로 굽혀 손이 발 아래로 얼마나 더 나가는지가 측정의 한 기준이 되었다. 하지만 나는 발아래는커녕 발목 근처에서 손가락 끝이 머물러 있곤 했다. 아무리 무릎을 쫙 펴고 허리를 굽혀 손을 뻗어도 한계는 명확했다. 이후 성인이 되어 음주가무를 접하던 시절에도 '무(舞)'는 절대 되지 않아 조용히 술잔만 기울이곤 했다.

그런 상황에서 나이도 들고 하는 관계로 클라이밍 전에 스트레칭은 나에게 필수이다. 몸을 푸는 굴신운동을 하지 않고 덜컥 홀드를 잡는 일은 상상조차 할 수 없다. 경직된 몸으로 홀드에 달려드는 일은 부상과 직결될 가능성이 높기 때문이다. 그렇다고 처음부터 나름의 워밍업

루틴을 갖고 있었던 것은 아니다. 어찌어찌하다 보니 운동 전 나만의 고유한 루틴이 만들어졌는데, 그 방식을 순서대로 소개하면 다음과 같다. 물론 운동 전 정적 스트레칭이 운동 효율을 떨어뜨린다는 말도 있기는 하지만 나는 기존의 순서를 신봉하는 편이다.

일단 운동복으로 환복 후 하는 스트레칭은,

⑴ 양팔을 앞으로 쭉 펴 상호 교차하기

⑵ 두 팔을 앞으로 펴고 몸통과 함께 돌리기

⑶ 양손 맞잡고 손목 돌리기 - 목, 허리 발목 돌리기

⑷ 손을 사용해 목 전후좌우로 늘이기

⑸ 양팔 몸 안쪽으로 당기기 - 팔을 머리 뒤로 넣어 한쪽 팔꿈치를 잡고 아래로 누르기

⑹ 양 무릎 굽혀 펴기 - 무릎 들고 걷기 - 무릎 측면으로 틀기

⑺ 한 다리를 멀리 뻗어 골반을 앞쪽으로 밀기

⑻ 무릎을 살짝 구부린 후 양손을 얹고 어깨와 허리 좌우로 비틀기

⑼ 매트에 손을 대고 어깨 중심으로 좌우로 비틀기 - 뒤로 구르기

⑽ 매트에 앉아 양발을 맞대고 골반 흔들기

⑾ 매트에 몸을 눕힌 후 뒤로 구르기

⑿ 트레이닝 보드 잡고 어깨와 허리 비틀기

이렇게 스트레칭을 한 후, 난이도 5.9 정도의 지구력을 한 번 한다. 그 다음에,

⑴ 슈퍼맨 자세

⑵ 고양이 자세

⑶ 아이언 크로스

⑷ 목 전후좌우로 늘이기

위의 스트레칭을 마치고 이번에는 5.10급의 벽을 탄다. 그리고 스트레칭과는 다르지만, 운동 중 틈틈이 복근을 단련하기 위해 AB 롤아웃(rollout)을 한다. 또 여느 날보다 몸이 찌뿌듯할 때에는 폼 롤러를 활용해 근육을 이완시키기도 한다. 뿐인가, 얼마 전에 그 효능을 톡톡히 본 스파인 코렉터(spine corrector)에도 고마움을 잊을 수 없다. 왜인지는 모르겠으나 언제부터인가 허리가 늘 무지근하다는 느낌이었는데, 그것으로 스트레칭을 하면서 허리는 물론 뻣뻣했던 승모근도 풀어지는 효과를 보았다.

이렇게 적고 보니 그냥 무심히 하는 스트레칭인 줄 알았는데 제법 가짓수가 많다. 이 분야 전문가가 아니니, 내가 하는 스트레칭의 순서가 맞는지는 잘 모르겠다. 하지만 어느덧 위의 운동 순서가 몸에 배어, 암장에 갈 때마다

노마 가르시아파라의 동작처럼 루틴이 되었다. 일단 스트레칭만으로 굳어 있는 온몸의 근육과 골격이 깨어나는 느낌을 받아 흡족하다.

이 글을 쓰며 새롭게 알게 된 사실도 있다. 클라이밍 관련 서적에 스트레칭 관련 부분이 왜 그리 많은 분량을 차지하는지 전에는 몰랐었다. 그러나 그 내용이 클라이머들에게는 "피가 되고 살이 된다는" 사실을 이제는 알 수 있게 되었다.

그래, 스트레칭만이 살길이다.

내가 사랑하는 부상 방지 용품

　클라이밍을 열심히 하는 사람치고 어디 한 군데라도 부상을 당하지 않은 이 없다. 벽이나 홀드로부터 입은 찰과상의 흔적은 그들의 손이나 팔뚝에서 흔하게 발견할 수 있다. 반바지를 입는 여름철에, 발등에서 무릎까지 성한 데 없이 까진 흉터가 있으면 나는 그를 클라이머로 확신한다. 이처럼 암벽 등반가에게 상흔은 일상적이고 훈장처럼 자랑스럽기도 하다.

　찰과상 정도는 그리 대수롭게 여기지 않고 넘어갈 수도 있다. 암장에서 상처가 나면 '후시딘'을 바르거나, '마데카솔'을 뿌린 후 밴드를 붙이는 임시 처치를 해 놓는다. '메디폼' 같은 습윤 드레싱 제품을 상비하고 다니면 치료에 보다 효과적이다. '메디폼'은 세균의 증식과 바이러스의 침입을 막아, 상처를 아물게 하고 새 살을 돋게 하는 데에 탁월한 효능을 발휘한다. 물론 100% 상처를 치유하는 것은 아니고, 약간의 상흔은 남지만 그래도 찰과상에 그만한 약이 없다. 나 역시 '메디폼' 덕을 톡톡히 보고 있는 클라이머 중 한 사람으로, 완치된 부위를 볼 때마다 '요즘 약 참 좋구나' 하고 감탄을 한다.

그러나 진정한 문제는 찰과상 정도를 넘어서는 상황이 발생할 때이다. 등반 도중 정말이지 '앗차' 하는 순간에 발생하는 부상은 클라이머로서도 어쩔 수 없다고 본다. 최대한 안전하게 등반 준비를 하고 벽을 오른다 해도 찰나에 발생하는 불상사에는 어떤 대비도 할 수 없다. 고공에서의 추락과 착지 때의 불안정이 야기하는 부상은 대개 중상일 가능성이 높다. 그렇기에 상처의 치료 기간도 오래 걸리고, 그만큼 클라이밍을 놓아야 하는 시간도 길어진다. 해결책이라고 해봐야 그저 최대한 주의를 기울여 '안클'을 하는 도리밖에 없다.

만성적인 부상에도 클라이머는 신경을 써야 한다. 이 경우는 운동을 오래 열심히 해서 몸에 차곡차곡 쌓이는 부상들이다. 이런 부상들은 시간이 경과할수록 악화되는 경우가 많다. 그것을 방지하기 위해 클라이머들은 미리 예방책을 마련하는데, 우선 손가락 테이핑이 그렇다. 운동을 처음 시작할 무렵, 나는 양손 중지의 가운뎃마디가 아팠다. 그 후부터 테이핑을 계속하고 있는데, 그것이 상태를 완화시키지는 않지만, 악화도 방지해주기에 꾸준히 애용하고 있다. 아마도 많은 클라이머들이 나와 같은 이유로 손가락 테이핑을 하지 않을까 싶다. 아, 거기에 나는 손가락 마디를 마사지해주는 용구도 종종 사용하고 있다.

아울러 등반 중에는 반드시 손목 보호대를 착용한다. 운동 중 손목을 다쳐 병원에서 물리치료를 받으며 고생한 적이 있다. 다행히 손목에 심각한 증상은 없었다. 병원을 다니며 나름대로 치유를 위해 노력했으나 큰 효과를 보지는 못한 듯하다. 일단 시간을 쪼개 날마다 치료를 받으러 가기도 보통 일이 아니었다. 막상 가도 돈은 비싼데, 도수치료를 해도 별다른 효과도 없었다. 완치일이 딱히 정해진 것도 아니어서 그 막연함도 싫었다. 조금 손목이 나아진 상태에서 나는 병원을 그만 가고 다른 대책을 모색했다.

손목 치료에 효과를 본 것은 되레, 시중에서 판매되는 치료 기구였다. 인스타그램에서 우연히 알게 된, 그것은 〈발락(Balac) 미니저주파 손목 마사지기〉였다. 우수한 기술력으로 개발된 제품은 손목의 불편함을 많이 경감시켜주었다. 효과를 확인한 나는 운동 후 기계 마사지로 손목의 피로를 풀어주곤 한다. 물론 제품 홍보는 아니다.

다음으로는 운동 후의 아이싱도 중요하다. 등반 중 우

리의 신체는 많이 손상된다. 나의 경우에는 손가락과 팔뚝에 부담이 컸다. 그것을 완화하는 방법으로 나는 운동 후 아이싱을 한다. 아이싱을 위해 예전처럼 꼭 얼음을 준비할 필요는 없다. 요즘에는 음식 배송 때 동반되는 아이스 팩을 얼렸다 사용하면 더없이 편하다. 역시 세상이 많이 좋아졌다.

마사지기로 세상이 좋아졌음을 실감하게 한 또 하나의 물품은 〈스트릭(Strig) 마사지기〉이다. 인터넷에서 우연히 발견하게 된 이 기기는 가격이 제법 비싸 처음에는 구입을 망설이게 했다. 그러나 어차피 오래 운동할 것이면 꼭 필요할 것이라는 생각이 들어 주문했는데, 사용해보니 대만족이다. 당시 나는 왼쪽 팔뚝의 완요골근에서부터 수근요골근 사이에 심한 통증으로 괴로워하던 차였다. 손가락으로 그 부위를 누르면 아팠고, 무엇보다도 홀드를 잡으면 힘이 들어가지 않아, 이전에 쉽사리 풀었던 문제들도 해결하지 못해 낙담이 컸었다. 아마도 위의 근육들 사이에 근막이 뭉쳐 그럴 터였다. 병원보다는 나을 듯해 구매한 제품으로 꾸준히 마사지를 한 결과 상태가 많이 좋아졌다. 미세전류를 통해 운동으로 수축된 근막을 이완하니 운동 능력도 한층 향상되었다.

과학 기술의 발전은 운동에도, 신체의 고통 해소에도

큰 도움을 준다. 비용이 발생하지만 말이다. 하지만 몸을 위해 그 정도의 대가는 얼마든지 지불할 용의가 있다. 효과를 보고 있으니 그것을 거부할 이유도 없다.

다만 문제는 몸이 괜찮을 때는 마사지를 꾸준히 하지 않는다는 데에 있다. 이것은 완전히 "화장실 들어갈 때와 나올 때의 마음이 다른" 것과 정확히 일치한다. 잠깐의 시간만 투자하면 될 텐데, 왜 꾸준히 마사지를 하지 않는 것일까?

역시 모든 적은 내부에 있나 보다.

클라이머 최대의 장비
- 암벽화

　당신은 언제 새 암벽화를 구입하는가? 오 년간 암장을 다니며, 닳고 해져 구멍이 숭숭 뚫린 암벽화를 신고 운동을 하는 사람은 눈 씻고도 찾아볼 수 없다. 바닥에 이상이 생겨, 창을 새로 가는 사람은 부지기수로 보았지만, 다 떨어진 암벽화로 운동을 하는 클라이머는 없는 것이다.

　이것은 새 암벽화 구매자들이 신이 낡아 교체하는 것이 아님을 증명한다. 나 역시 그랬다. 지난 육 년 동안 나는 여섯 켤레의 암벽화를 사들였다. 처음 강습을 받을 때 신은 대여화까지 포함하면 한 켤레가 추가된다. 무거운 나의 몸무게를 지탱하느라 고생깨나 했을 그 면면들은 아래와 같다.

(1) 파이브-텐의 입문용(대여) - 42.5(EU 표기 기준)

(2) 매드 락의 드리프터 - 42

(3) 라 스포르티바의 코브라 - 40

⑷ 테나야의 이아티 - 38.5

⑸ 라 스포르티바의 솔루션 - 39

⑹ 라 스포르티바의 솔루션 - 39.5

⑺ 라 스포르티바의 솔루션 - 39.5

암벽화는 일상생활에서의 신발들과 큰 차이가 있다. 일단 홀드와의 접지력을 높이기 위해, 제조사마다 나름의 기술력이 발휘된 특수한 밑창을 사용한다. 다음으로 클라이머의 발 치수보다 작은 암벽화를 선택한다는 점이다. 그렇지 않은 경우 클라이머는 홀드에 정확하게 엣징을 할 수 없으며, 힐훅 등의 무브를 사용할 때, 암벽화가 벗겨지는 상황도 발생한다. 그런 경우 어김없이 추락하고 만다.

그렇기에 클라이머 최대의 장비 암벽화를 선택하는 일은, 당사자에게 신중의 신중을 필요로 한다. 물론 클라이밍 입문자 시절에는 그 일이 그리 중요하지 않다. 나 역시 처음에는 암장에서 권하는 크기의 신을 대여해 신었다. 일반화가 아니기에 발이 조금 아프기는 했으나, 큰 고통 없이 그럭저럭 무난하게 운동을 했다. 그러나 바닥인 실력임에도 신발에 대한 욕구가 은연중에 발동하여, 산악인의 성지인 종로5가 매장으로 달려가 자의로 최초 구입한 〈라 스포르티바(la sportiva)〉사(社)의 〈코브라(cobra)〉를 시

착할 때의 괴로움은 지금도 또렷하다. 일부러 스타킹까지 준비해 가 신었으나, 와, 발을 넣는 순간부터 고통이 밀려들었고 결국 발끝까지 욱여넣었을 때는 그만 쥐가 나 옴쭉달싹도 못하게 되어버렸다. 신도 잘 벗겨지지 않아 꽤나 고생을 했다.

아무려나 나는 그 노란색의 〈코브라〉를 구입했다. '아, 이것이 이 시대의 참클라이머로 가는 시작이구나'라는 생각으로 말이다. 결연한 의지와는 달리 암장에서 〈코브라〉를 신을 때마다 나는 정말이지 발이 아파 미칠 지경이었다. 이 나이에 암벽화 신다 울 수도 없는 노릇이고, 아무튼 그 무렵의 암장 동료들은 착화를 할 때마다 나도 모르게 찡그려지는 얼굴을 많이 보았을 것이다. 이를 보다 못한 센터장님이 제골기로 〈코브라〉를 늘여주던 기억이 새롭다.

클라이밍 실력은 여전히 바닥이고 〈코브라〉의 고통도 생생한데, 어이없게도 나는 새로운 암벽화를 욕망했다. 그 무렵 새로 발견한 〈테나야(tenaya)〉사의 〈이아티(iati)〉에 그만 흠뻑 빠져들고 만 것이다. 알렉스 메고스(Alex Megos)가 모델이 되어 광고한 그 암벽화는 첫째 디자인이 미려했고, 둘째 비대칭형의 다운 토 타입이라 왠지 클라이밍 고수들의 신발처럼 보였고, 셋째 무엇보다도 고통

없이 편안하게 착화할 수 있다는 장점을 갖고 있다. 실제 〈이아티〉는 처음 구입할 때부터 어렵지 않게 신는 것이 가능했다.

다음으로 나는 운명의 암벽화를 만나게 된다. 제품명부터가 클라이밍의 모든 난제를 해결해주겠다는 강력한 의사표현으로 들리는 〈솔루션(solution)〉. 물론 〈솔루션〉이 클라이밍상의 모든 난경을 해결해주지는 않았지만 그래도 나에게 이 암벽화는 최고이다.

〈이아티〉를 신고 운동을 할 때 나는 암장 동료 여럿이 〈솔루션〉을 애용하는 것을 지켜보았다. 발바닥 아치 쪽에서부터 뒤꿈치까지 추상화 같은 문양이 어지럽게 새겨진 구형 〈솔루션〉, 그 문양을 없애고 노란색으로 매끄럽게 채색된 신형 〈솔루션〉, 그리고 가죽이 노란색으로 바뀐 〈솔루션 콤프〉까지…… 〈솔루션〉은 이처럼 원작의 후속판이 두 개나 분화되어 암장에서 활약을 하고 있었다.

사실 구형 〈솔루션〉에 대해서는 잘 모른다. 내가 운동을 시작하기 전에 나온 제품이기도 하거니와, 그것을 신은 사람이 많지는 않았기 때문이다. 내가 〈솔루션〉을 선택할 무렵 암장의 대세는 신형 〈솔루션〉이었다. 요즘에는 〈솔루션 콤프〉를 신는 클라이머들이 꽤 많다. 또한 암벽화계의 양대 산맥인 〈스카르파(scarpa)〉사의 제품들을 신은 클라이머도 많았으나, 나의 눈에는 신형 〈솔루션〉만이 눈에 들어왔다. 우선 매료된 것은 그것의 단단함이었다. 이 암벽화는 토우 박스도 힐 컵도 여느 그것들보다 견고하다. 마치 독일병정 같은 그 굳건함이 착화할 때의 괴로움을 떠올리게 했지만, 이미 〈코브라〉로 '아픔만큼 성숙해진' 나는 그 정도의 통증을 이겨낼 자신이 있었고, 실제 별다른 어려움 없이 사용하고 있다.

다만 〈솔루션〉 구매에 한 가지 실수가 있었다. 두 번의 창갈이를 한 기존의 〈솔루션〉에 더해 나는 동일 제품을 다시 구입했다. 안일한 생각으로 지난번보다 치수를 0.5 큰 것으로 구매한 것이다. 힐훅을 걸 때 나의 부주의가 절감되었다. 힐 컵이 뜨는지 신발이 벗겨지려는 것이다. 그 미세한 크기의 차이가 이런 문제를 야기할 줄은 전혀 생각하지 못했다. 나의 그 착오만 제외하면 〈솔루션〉은 단연코 최고의 암벽화라 생각한다. 재고가 떨어지기 전에 39 치수의 〈솔루션〉을 몇 켤레 쟁여두어야 하나 싶은 마음도 든다.

그 욕망을 이기지 못하고, 결국 〈솔루션〉 한 켤레를 구입했다. 발이 아플 것 같아 그냥 39.5로 샀다. 집에서 미개봉의 〈솔루션〉을 멀뚱멀뚱 바라보고만 있던 차에 드디어 기회가 왔다. 이미 두 차례나 창갈이를 한, 먼저 신었던 〈솔루션〉의 창이 너덜너덜해진 것이다. 또 창갈이를 할까 하다 그냥 '보내드리기'로 했다. 벨크로 접착력이 떨어지고 끈도 해진 판국이라, 아예 잘라버리고 슬립온 스타일로 신고 있던 차였다. 고마웠던 암벽화여, 안녕! 너를 신발장에 고이 보관할게.

새 〈솔루션〉은 그런 우여곡절 끝에 암장에 데뷔할 수 있었다. 혹시 암장에서 〈솔루션〉을 신고 운동을 하고 있는 장년의 '아재'를 보면 아마도 이 책의 저자일 가능성이 높다. 꼭 알은체해주면 고맙겠다. 이 책을 들고 반가워해주면 더욱 좋겠고……

사족, 혹은 계륵
모든 클라이머들이 공감할, 암벽화에서 나는 발 냄새. 나에게는 향기일 수 있으나, 타인에게는 악취가 분명할 그것을 제거하기 위해 암벽화 탈취제를 사용하자. 요즘에는 다양한 종류의 탈취제가 있으니 선택은 각자의 자유.
암벽화를 신었을 때 땀이 나 끈적거리는 것이 싫어 나는 덧버선 형태의 스타킹을 신는다. 이것은 암벽화에 발이 잘 들어가게 하는 가외의 효과도 있으니 사용 추천.

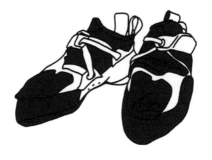

실력이냐, 신력이냐?

다시 이 문장으로 챕터를 시작하자. 당신은 언제 새 암벽화를 구입하는가? 앞에서 언급한 대로, 클라이머들이 창이 닳을 대로 닳고 가죽에 구멍이 나 암벽화를 교체하지는 않는 듯하다. 그렇다면 아직 멀쩡한 암벽화를 놔두고 새로 장만하는 이유는 무엇일까? 적어도 중상급자용 암벽화는 이십여 만원 이상을 호가하는 상황에서 말이다.

운동은 '장비빨'이라는 말이 있기는 하다. 이 말을 맹신하는 사람들도 실제 존재한다. 그들은 운동 입문 전부터 최고 수준의 필요 용품들을 마련하여 만반의 준비를 한다. 마치 히말라야에라도 오를 기세로 최고가 물품들을 잔뜩 쟁여 놓는 초보 캠퍼들처럼 말이다. 자본주의 사회에서 '내돈내산'하여 운동을 하겠다는데, 거기에 뭐라 할 이유는 없다.

그러나 '장비빨'만으로 클라이머들의 암벽화에 대한

욕망을 다 설명하기는 어렵다. 새 암벽화를 욕심내는 부류들의 또 한 축은 그들이 얼리 어답터(early adopter) 성향을 강하게 소유하고 있기 때문이다. 그들은 신제품이 나오면 누구보다 먼저 구매해 그것의 장단점을 파악하고 동료들에게 전하는 특성을 지니고 있다. 그들의 머릿속에는 기존의 많은 암벽화들 특장이 가지런하게 정리되어 있고, 국내외 유명 선수들이 어떤 암벽화를 신고 대회에 참가하는지까지도 훤히 꿰고 있다. 또한 그들은 그 가공할 정보의 장점을 살려 상황에 맞게 암벽화를 신고 퍼포먼스를 연출한다. 국내에서 보기 어려운 암벽화를 해외에서 발 빠르게 구입해 기동성을 발휘하는 일도 대체로 이들의 몫이다.

그러나 이것만으로 새로운 암벽화에 대한 클라이머들의 구매욕을 완벽히 설명하기에는 부족하다. 그렇다면 다음으로 어떤 연유가 있을까? 아마도 '클태기'를 돌파하려는 간절한 마음의 발로는 아닐까 한다. 클라이머들 대개는, 운명적으로 그것과 직면하게 된다. 동일한 시간과 공력을 들여, 열심히 운동하는 데도 실력이 늘지 않는다. 뿐인가, '클태기'의 늪에 빠지면 전에 쉽사리 풀었던 문제들에도 허우적대다 실패하기 일쑤이다. 그렇게 죽고 못 살아 친구들과의 약속도 깨고 암장으로 달려갔던 클라이머가 이제는 밖으로만 돈다.

그 괴롭고 힘겨운 시간의 터닝 포인트로 새로운 암벽화를 구입해, 기분을 전환하고 결연한 의지를 다지는 행위는 나쁘지 않은 방법이다. "새 신을 신고 뛰어보자 폴짝……" 이제껏의 울연한 심사는 어느새 어디론가 사라지고 운동에 대한 강렬한 의욕이 마음 가득 차오른다. 그간의 슬럼프는 온데간데없고, 운동이 잘 될 것만 같다.

잘 알려졌다시피, 위약(僞藥) 효과 혹은 플라세보 효과(placebo effect)는 환자에게 가짜 약(플라세보)을 주었음에도 환자가 진짜 약으로 믿어 의학적 효과를 본다는 것을 의미한다. '기쁨을 주는', '즐거움을 주는'이라는 라틴어에서 유래한 플라세보의 뜻처럼, 새로운 암벽화는 클라이머에게 앞으로 운동이 잘 될 것이라는 위안과 믿음을 주기에 매우 효과적인 장비로 탈바꿈한다. 이때 암벽화는 단순히 신발의 용도를 넘어선다.

이 플라세보 효과는 클라이머들이 농담처럼 하는 '실력'이냐 '신력'이냐의 말로 연결된다. 이는 또한 처음의 '장비빨'과도 연관이 된다. 이번의 암벽화는 왠지 발끝의 엣징이 좋다. 작은 홀드를 밟아도 안정적이다. 마찰력은 또 어떤가? 너무도 탁월해 경사면에서도 밑창이 전혀 밀리지 않는다, 역시…… 힐 컵이야 그렇다 쳐도, 지금까지

서툴렀던 토우훅도 잘 걸려 만족스럽기 그지없다. 아 사랑스러운 나의 암벽화. 내 더더욱 열심히 운동하리! 홀드를 잡고 기어오르며 이런 충일한 감정에 빠진 클라이머는 어느새 '클태기'에서 벗어나게 된다. 여기에 새 암벽화를 늘여주겠다고, 아픔을 감수하고 새 신을 신고 한 바퀴 돌아주는 동료들의 짙은 우정을 맛보면 거의 '눈물이 앞을 가릴 지경'에 이르게 된다.

과연 '신력'은 존재하는가? 위의 플라세보 효과에서 보듯, 어느 정도 그것이 존재한다는 것을 부정할 수는 없을 것이다. 나 역시 '신력'의 효과를 본 적이 있고, 주위의 동료들에게서도 못 풀었던 문제를 '신력'의 가호로 냉큼 해결하는 경우를 보았기 때문이다. 다만 '신력'의 유효기간이 언제까지인지는 확언할 수 없다. 그것은 저마다의 운동 기복이 다를 터이기에 누구도 정답을 단정할 수 없다.

'신력'에 대해 이야기한 김에, 한마디만 덧붙이자. "능서불택필(能書不擇筆, 명필은 붓을 가리지 않는다)" 유능한 목수가 연장 가리는 법을 본 적도 없다. 하지만 우리는 아직 명필도 명장(名匠)도 아니니 뭐……

클라이밍과 인생

클라이밍을 할 때마다 드는 아버님 생각

앞에서 간략히 언급했지만, 어떻게 보면 나의 클라이밍 시작은 아버님 덕이 크다. 이 책의 서두에 나는 이렇게 썼다. "2018년 1월, 당시의 나는 매우 무기력했다. 2017년 9월에 아버님께서 별세하셨는데, 병간호를 하느라 지쳐 있기도 했고, 무엇보다도 깊은 상실감에서 헤어 나오기가 어려웠다. 그래서인지 아버님을 떠나보낸 이후, 나는 가까스로 힘을 내 강의를 하며 하루하루를 보내는 것이 고작이었다"라고.

운동을 하며 뒤늦게 떠올린 것은, 생전에 아버지께서 나에게 줄곧 말씀하신 "운동을 하라"이다. 방안에 납작 '엎드려 있기'의 대가급인 나는 그러나 당시 아버님의 조언을 깊이 새겨듣지 않았다. 바쁜 나날의 연속으로, 굳이 따로 운동을 할 필요가 없다는 마음이었고 또 애초부터 그것과 거리가 먼 삶을 살아온 탓도 있다.

아버님의 권유에 나의 응답은 당신 앞에서 운동이랍시

고 간단히 춤을 추는 것이었다. 그 율동은 예전에 조카들이 아버님 앞에서 재롱을 부리며 몸을 흔들던 것을 차용해 온 것이었는데 어쨌거나 그것도 몸을 흔든다는 점에서 운동이라면 운동인 셈이다. 중국의 노래자(老萊子)가 나이 칠십에 색동옷을 입고 부모 앞에서 춤추고 노래하며 부모님을 기쁘게 해드렸다는 고사에서 유래한 노래지희(老萊之戱)까지는 아니었어도 아무려나 작은 율동으로나마 나는 운동을 대신했다.

그때면 아버님께서는 진심인지 반어인지 모르게 "잘한다!"고 하셨다. 50을 넘긴 나는 이 행동이 잘하는 것인지 못하는 것인지 분간이 가지는 않았지만, 당신의 말씀을 그대로 믿기로 했다. 그러니 나는 부모님 앞에서 운동도 하고 칭찬도 듣는 착한 아들이었던 셈이다.

일 분가량 몸을 흔들어대고 숨을 헐떡거리는 나에게 아버님께서는 말씀을 이으셨다. 신장이 172센티미터에 풍채가 좋은 아버님은 젊은 시절부터 많은 운동을 하셨다는 이야기. 당신은 고향집 앞마당에 평행봉을 설치해 심신을 단련했고, 상경 후에는 꾸준히 등산을 다니며 운동을 계속하셨다. 나는 강골의 아버님과 팔씨름을 하면 늘 지는 한심한 아들이었으니, 자식에 대한 아버님의 운동 권유는 당연지사일 터였다.

또 생각난다. 아버님께서 병원에 입원하셨을 때, 그냥 운동이랍시고 춤을 한번 췄더니 예의 "잘한다!"라는 말씀과 함께 "너 운동 못 해서 어떡하니?"라는 걱정을 해주셨다. 병원에서 내가 춤을 추기 어려운 상황이니 그것이 곧 자식의 운동 부족으로 이어질까 염려하신 것이다. 이 대목에서 울컥하지 않으면 인간이 아니다. 아버님께서 작고하신 지, 오 년이 지난 지금도 그때를 생각하면 '눈물이 앞을 가린다.'

아버님께서 살아계신다면, 이제는 배가 쏙 들어가 홀쭉해진 나의 상체를 우선 보여드리고 싶다. 뽀빠이 동작으로 '알통'을 만들면 아버님은 더욱 기뻐하실 것이다. 배에 잔뜩 힘을 줘 흐릿한 복근도 자랑하고 싶다. 다음으로 등 근육도 뽐내고 싶다. 잘게 갈라져 힘을 주면 선명히 드러나는 근육들을 말이다. 나쁘지 않은 전완근도 슬쩍 내보이고 싶다. 아마도 지금 아버님께서 운동으로 발달시킨 나의 근육들을 보시면 "잘한다!"고 칭찬해주실 것이 분명하다. 이제 강해진 나의 신체를 아버님께 보여드릴 방법이 없다는 점, 매우 서운하고 안타깝다.

암장에서 오랜 시간 도전한 난제를 풀면 어디선가 환청처럼 "잘한다!"는 소리가 들릴 때가 있다. 둘러보면 역시 아버님은 안 계시지만 꼭 나를 지켜보고 있는 듯한 느낌이 들기도 한다.

　돌이켜보면 나를 클라이밍에 입문시킨 분은 아버님이라 할 수도 있다. 감사한 마음이다. 아울러 '아, 아버님 생전에 클라이밍을 시작했다면 얼마나 좋았을까' 하는 상념도 짙게 든다.

클라이밍에서 인생을 배우다

세상만사에 교훈이 없는 일은 없다. 보기에는 하잘것 없어 무심히 넘기기 쉽지만, 우리네 인생사 모든 일에는 각성을 넌지시 제시하는 가르침들로 가득하다. 그렇기에 『논어(論語)』의 「자장(子張)」편에 나오는 '학무상사(學無常師, 인생사의 모든 것이 스승이다)'라는 말은 적실하다.

클라이밍 역시 인간이 하는 일이기에 생의 교시가 없을 수 없다. 클라이밍은 허다한 실패에서 교훈을 얻게 되는 운동이다. 실제 클라이머들은 새로운 볼더링과 지구력 문제에서 무수한 추락을 맛본다. 그들의 의지와 욕망과는 다르게, 아차 하는 순간에 바닥으로 곤두박질치기 일쑤인 것이다.

누구도 벗어날 수 없는 클라이머의 숙명에 나만 예외일 수는 없다. 대략 45개 정도의 홀드를 잡으며 등반하는 지구력에서 뜻하지 않은 난관으로 나 역시 추락의 아픔을 다반사로 맛본다. 분명 루트 파인딩을 할 때에는 그 구간을 요령 있게 돌파할 작전을 짜고 힘도 적절히 안배하며 등반을 함에도 불구하고, 마의 구간은 나의 통과를 완강하게 거부한다.

크럭스라 불리는 그 어려운 지점은 대체로 클라이머들이 공통적으로 힘겹게 지나가야 하기에 곤욕스럽기 그지없고 그들에게 추락의 비애를 곱씹게 한다. 이는 볼더링에서도 마찬가지여서 같은 문제를 반복할 때마다 곤혹스럽다.

요즘 운동선수들이 많이 쓰는 말로 하자면, 패배의 비애를 맛보는 그때마다 나는 분하다. 나도 모르게 상소리가 나올 뻔한 것을 겨우 가라앉히지만, '아, 쓰으발 도대체 왜 안 되는 것이냐?' 하는 속내마저 눌러 앉힐 수는 없다. 각고의 노력과 이런저런 방법을 모조리 동원해 등반을 했는데 실패라니 말이 안 된다. '벌써 몇 번째 이 꼬락서니로 나자빠지고 있냐?' 끓어오르는 화를 달래려 물도 마시고 심호흡도 연신 하지만 좀처럼 마음이 다스려지지 않는다.

'이제는 저 문제 다시는 안 한다'고 결론을 내고 물끄러미 홀드를 바라본다. 나의 시선이 고정된 그 홀드가 마치 나를 비웃는 것 같기도 하다. 그런 한편으로 아쉬움과 함께 미련이 스멀스멀 피어오른다.

"안 한다, 안 푼다고!"

이제 저 문제는 손도 대지 말자고 마음을 다잡는다. 그래, 저 문제에는 눈길도 돌리지 말아야 한다. 그렇게 다짐하며 바닥에 털퍼덕 주저앉는다. "저 홀드는 이렇게 잡고 코어 근육으로 버티며 발을 이렇게 써서 넘어가야 해"라고 웅성거리는 주변 사람들의 목소리가 귓가에 울린다. 나도 모르게 주책스레 시선이 그 문제로 향한다. 헛헛한 웃음과 함께 이런저런 상념이 떠오른다.

어릴 적 읽었던 발명왕 에디슨의 위인전에는 "실패는 성공의 어머니"라는 말이 있었다. 에디슨은 몇천 번의 실패를 거친 후에야 전기를 빛으로 바꾸는 전구를 만드는데 성공한 집념의 발명가이다. 그는 또 말했다. "실패를 겪으면 겪을수록 발명의 순간이 가까워진다"고 말이다.

또 한 사람이 생각난다. 함께 운동하다 지금은 안동으로 간 여성 클라이머이다. 그는 안동에서도 열심히 운동을 하고 있는데, 지난 2년간 그가 진행하는 프로젝트는 원주 간현암의 난이도 5.13a인 '원골'이다. 간간이 인스타그램에 올리는 그의 등반 영상을 볼 때마다 손에 땀이 난다. 그가 그 코스의 완등을 위해 얼마나 공력을 들이는지를 잘 알고 있기 때문이다. 화면상으로나마 나는 그의 애쓰는 모습에 늘 박수를 친다. 그럼에도 그는 아직 '원골'

완등을 하지 못하고 있었는데, 원고를 정리하는 기간에 성공을 했다는 낭보가 전해졌다. 클라이머들이 농반진반으로 "홀드 하나 넘어가기에 몇 년"이라는 말의 실제를 나는 그를 통해 절감한다.

돌이켜보면 나의 삶 역시 그렇지 않았는가 싶다. 이제껏 나름으로는 열심히 살아왔으나 세상사가 모두 나의 뜻대로 단숨에 이루어진 적은 거의 없다. 성과의 열매가 손에 잡힐 듯 가까이 있다고 생각했으나 쓰디쓴 실패의 술잔을 맛보아야 했을 때도 부지기수이다. 때로는 교만으로다 된 밥을 엎지른 적도 있다. 그런 세사에 이리저리 치이며 살아온 삶이다. 그리고 그것은 나 말고도 많은 사람들이 경험했을 터이다.

클라이밍에서 인생을 배운다는 말이 좀 과장스럽게 들릴 수도 있다. 운동을 하다 보면 고수들의 온 사이트 등반을 목격하고 박수를 치는 일도 많다. 하지만 그들 또한 쇠털같이 많은 추락의 반복으로 새로운 문제에 멋있게 온사이트를 하게 된 것이 아닌가?

세기의 걸작 〈생각하는 사람〉의 조각가 오귀스트 르네 로댕(Auguste-René Rodin)은 말했다. "경험을 현명하게 사용한다면, 어떤 일도 시간 낭비는 아니다"라고!

그래 다시 한번 해보자. 한국 배구의 여제, 도쿄 올림픽에서 김연경 선수가 팀이 절체절명의 위기에 빠진 순간, 동료들을 독려하며 절실하게 외친 "해보자, 해보자, 후회 없이!"를 가슴에 새기며 나는 홀드를 향해 성큼성큼 걸어간다.

클라이밍에서 인간을 살피다

　직벽의 험준한 바위에 발을 딛고 서 있는 산양은 위태로움과 함께 편안함을 느끼게 한다. 위험천만의 낭떠러지에 도도히 서 있는 산양은 가히 암벽타기의 제왕으로 불리기에 손색이 없다. 암벽타기에 최적화한 그들은 균형잡기 용이한 다리, 마찰력을 높이는 고무 촉감의 발굽, 긴 뒷다리를 활용한 도약으로 아찔한 절벽에서도 생존한다. 이는 "내가 오르는 바위와의 합일을 통하여 어떤 영적인 직관에 이르며 깊은 만족감을 맛보게 된다"고 근사하게 말한 클라이밍의 대부 존 길(John Gill)의 경지를 실증하는 것처럼 보인다. "뛰는 놈 위에 나는 놈 있다"고 독수리는 그런 산양을 밀어 떨어뜨린 후 먹이의 제물로 만들기도 하지만 말이다.

　인간은 산양이 아니고, 클라이머 역시 산양이 아니다. 다만 클라이머들은 산양처럼 암벽을 잘 오르기 위해 무진장 애를 쓸 따름이다. 그 과정에서 쓰라린 실패가 쓰나

미처럼 밀려올 때가 허다하다. 그 낙망의 상황에서 재도
전을 위한 방안의 모색은 필수인데, 가장 손쉬운 방법은
주변의 동료들에게 묻는 일이다. 클라이밍의 실력과 신체
능력이 모두 제각각인 상황에서 동료들의 조언이 백 퍼센
트 들어맞을 리는 없다. 문제는 아무리 좋은 도움도 무용
지물이 되는 경우이다. 이때부터 클라이머는 완등을 위
해 홀로 고심하기 시작한다. 이런저런 방법을 강구하기
는 해도, 결국은 애초에 실패했던 방식을 버리기는 쉽지
않다.

나 역시 그런 면이 강하다. '이 집착은 과연 무엇일까?'
하고 생각해 본 적이 있다. 허방을 쳤다면, 기존의 방법을
폐기하고 과감히 새로운 묘안을 찾아내야 할 터인데 미련
하게 유사한 방식으로만 등반을 고수한다. 이는 마치 가
격의 고하는 차치하고, 어떤 물건이 고장 났을 때 반드시
고쳐 쓰려는 기술자의 집요한 습성과도 같다.

에드문트 후설(Edmund Husserl)은 명저 『유럽학문의 위
기와 선험적 현상학』에서 '판단중지(Epoche)'를 여러 차
례 언급한다. 널리 알려진 대로 이 용어는 "자연적 태도
로 정립된 실재 세계의 타당성을 괄호 속에 넣어 일단 보
류"함을 의미한다. 후설은 "빨간 장미꽃을 보고, 그것에
대한 과거의 경험이나 편견에 따라 판단하는 것을 중지한

다. 그러나 그 꽃의 실제를 부정하거나 회의하는 것이 아니라, 그것을 바라보는 관심과 태도를 변경해서 경험의 새로운 영역을 볼 수 있게" 한다는 예를 든다.[06]

이를 볼더링의 경우에 적용해 설명하자면 다음과 같다. 예전에 손가락이 두 개 들어가는 언더 포켓 홀드를 잡았다 치자. 그러면 클라이머들은 그 홀드에 세 개의 손가락을 넣을 생각을 좀처럼 안 한다. 왜냐하면 전에 두 개만 들어갔기 때문이다. 그러나 이전의 판단을 중지하고 새롭게 포켓 홀드의 위치나 방향성을 살피면 손가락 세 개가 들어가는 경우도 생긴다. 즉 이제까지 클라이머가 알고 있던 포켓 홀드에 대한 관념을 "전복시켜 절대적 인식의 빈곤으로부터 출발해서 자신의 통찰에 입각한 이론적 자율성(theoretische autonomie)에 따라 새롭게 건설"하는 전대미문의 '철저주의(Radikalismus)'[07]가 필요한 것이다.

그러나 나를 비롯한 많은 클라이머들이 전복 대신 기존의 방법 고수를 선호하는 듯하다. 그런 점에서 클라이머들은 어쩌면 기본적으로 보수적 인간이 아닐까 하는 생각이 든다. 그것은 전 인류도 다르지 않을 것이다.

---

06   에드문트 후설, 『유럽학문의 위기와 선험적 현상학』(이종훈 옮김), 한길사, 1997, 36쪽.

07   위의 책, 157쪽.

클라이밍을 통해 살핀 또 하나의 인간상은 등반 실패의 드러내기 여부와 관련이 있다. 대부분의 많은 클라이머들은 등반 실패에 부끄러워하지 않는다. 그것이 무수한 도전을 하게 하는 동력이기에 그렇다. 하지만 자신의 실패를 좀처럼 타인에게 내보이지 않으려는 부류들도 존재한다. 그들은 사람이 많을 때에는 좀처럼 자신이 못하는 문제에 접근하지 않는다. 어떻게든 남이 안 볼 때 연습을 해, 성공의 포즈만 타인들에게 드러낸다.

그런 사람들이 적지 않다는 점을 발견하고, 내심 놀란 적이 있다. 이것은 MBTI에서 I 성향의 사람들이라 그런 것일까? 아니면 완벽주의를 추구하는 경향이 강해서일까? 그도 아니면 자신의 존재감을 완등 여부와 등치하려는 사고의 결과물일까?

답은 잘 모르겠다. 아무튼 암장에서 확인한, 인간에 내재된 면모를 짧게 적어보았다.

시 「낙화(落花)」에서 깨달은 클라이머의 순리와 모반

유튜브 영상을 보거나 간현암에 직접 가보면 백발 성성한 노장들이 열정적으로 등반을 하는 광경을 목도할 수 있다. 노구에 힘겨움도 잊고 바위와 고군분투하는 그들을 보면 새삼 경외감이 들기도 한다. 어쩌면 그들은 인생 전체에서 클라이밍과 함께한 시간이 너무도 길어 쉽사리 그만두지 못할 것이다. 청춘과 정열을 다 바쳐 운동을 했기에 충분히 그럴 수 있다.

그러나 나는 노익장들의 열정에 공감하는 편은 아니다. 내가 좋아서 나이 불문하고 암벽에 오르는 것은 존중하지만, 젊은 친구들과 달리 안 되는 힘으로 꾸역꾸역 바위를 타는 모습이 그리 아름답게만 보이지는 않기 때문이다.

"가야 할 때가 언제인가를/ 분명히 알고 가는 이의/ 뒷모습은 얼마나 아름다운가……" 이형기 선생의 시 「낙화(落花)」에서처럼 시간이 흐르면 쇠락하는 만물의 이치에 나는 묵묵히 수긍하고자 한다. 마치 정통파 투수가 불 같은 직구를 잃고 기교를 부린 변화구로만 승부하는 노장 투수만큼은 되고 싶지는 않은 것이다.

그렇다면 언제쯤 홀드를 손에서 놓는 것이 적절할까? 처음 운동을 시작할 때, 나는 '환갑에는 더 이상 못 할 거야' 하는 마음이었다. 그러니 그때까지라도 열심히 하자고 다짐했었다. 그러나 조금씩 클라이밍에 재미를 붙이고 실력도 향상되는 것이 확인되니, '몇 살 더 해도 문제는 없잖아' 하는 마음으로 바뀌었다. 하여 잠정적으로 65세에는 클라이밍을 그만하고 슬슬 산책이나 하는 삶으로 바꾸자고 최종 결정을 내렸다.

고작 13년 클라이밍을 하고 그만두는 것에 아쉬운 마음이 컸으나, 위에서 말한 대로 나는 '노회한 변화구 투수'는 결코 되고 싶지 않다. 클라이밍에 더욱 매진하게 되는 이유도 바로 거기에 있다. 어리고 젊은 친구들은 운동할 날이 창창한데, 나는 물리적 나이라는 경계선 앞에서 어찌할 수 없는 한계에 직면하고 있는 것이다.

일주일에 사흘 나가던 운동을 하루 더 늘였다. 운동에 한창 재미를 붙이던 무렵, 코로나19로 비대면 수업이 진행되었기에 시간적 여유도 조금 있었다. 코로나19의 가공할 확산세로 영업제한 조치도 있었지만, 아무려나 가능한 시간에는 클라이밍에 몰두하려 노력했다. 거의 암장 '죽돌이'급이 되었는지, 암장에서 마주친 어떤 이들은 "선생님은 올 때마다 계시는 것 같아요"라고 했고, 그때면 나는 멋쩍게 "산타 죽돌이잖아요"하고 웃어넘기곤 했다.

운동량을 늘이니, 역시 힘에 부친다. 전에 없던 자잘한 부상도 자주 발생한다. 그때면 '이것이 한계인가?' 하는 생각이 불쑥 든다. 그럼에도 멈출 수 없다. 시간이 될 때마다 암장에 가서 나는 홀드를 잡고, 또 밟고 벽을 오르내린다.

향상된 실력으로 충일감이 밀려들 때도 있고, 아무리 해도 안 되는 무브로 깊은 내상을 입기도 한다. 특히 볼더링 문제에서 그렇다. 그럼에도 나는 오르고 또 오른다. 그때 내 등 뒤에서 울리는 센터장님의 음성,

"선생님, 여든 살까지 운동하려면 그렇게 전투적으로 하지 마세요. 살살 하세요!"

'엥? 여든?'

클라이밍 은퇴 나이에 관한 나의 셈법이 틀렸나? 여든은 진짜 꿈도 꿔본 적이 없다. 그것이 가능한 일이기는 한가?

나는 다시 한번 「낙화」의 구절을 뇌까린다. 아, "(클라이밍과의) 결별이 이룩하는 축복"은 어찌하고, "(클라이밍에

대한) 나의 사랑, 나의 결별/ 샘터에 물 고이듯 성숙……"
은 또 어떡하라는 말인가? 시 「낙화」가 주는 세상사의 이
치에 대한 순응이냐, 아니면 나의 반란이냐, 이즈막의 가
장 큰 고민이로다!

여러분들은 과연 클라이밍을 몇 살까지 할 생각이신
지? 소생의 우문에 현답을 내려주시기 기대한다.

클라이밍 짐이라는 사랑방

암장을 울리는 소리의 향연

1

실내 클라이밍장에 들어설 때 내방객을 가장 먼저 반겨 주는 것은 음악이다. 음악은 방문자에게 환영의 인사라도 날리듯, 암장 문을 밀고 들어서는 순간부터 귓가를 쾅쾅 울린다. 클라이머가 암장의 전경(全景)을 훑어보고 안내 데스크로 향하는 것은 모두 그 다음의 일이다. 이처럼 음악은 해당 클라이밍장의 첫인상에 영향을 주는 주요한 요소가 된다.

암장순례를 해보면, 각각의 그곳은 저마다의 특징을 지니고 있다. 그에 비해 개별 암장의 음악은 커다란 변별성을 띠지 못하고 있는 느낌이다. 암장 저마다의 색깔에 맞는 음악으로 실내를 채색한다면, 그곳 고유의 정체성과 특성이 잘 묻어날 터인데 말이다. 각 암장의 음악과 관련해, 그런 점에서 아쉬운 감이 없지 않아 몇 자 적어 본다.

각각의 암장에서 가장 흔히 들을 수 있는 음악은 그 시점에서 인기가 높은 곡들이다. 그런 노래 대개는 세계적으로 위세를 떨치고 있는 K-POP인데, 운동을 하는 많은 젊은 친구들은 곡조에 맞춰 몸을 들썩거리거나 흥얼거리며 리듬을 탄다. 또 어떤 암장에서는 비트 강한 힙합이 주로 실내를 장악한다. 역동성 강한 음악이 주조를 이루기에 클라이머들의 무브 역시 힘차고 격정적이다. 또 다른 한곳에서는 재즈가 흘러나와 이채로웠다. 스탠다드한 재즈곡들이 연이어 암장을 적셨는데, 즉흥성 강하고 감각적인 재즈가 클라이밍의 배경음으로 그리 나쁘지 않다는 생각이 들었다. 물론 재즈의 장르가 다양하기는 하지만 널리 알려진 곡만으로도 충분히 클라이밍에 어울린다는 사실은 흥미로웠다.

암장에 음악은 필수 요소이다. 음악이 흐르지 않는 암장을 생각해보라. 고요 속에서 마치 발소리도 내어서는 안 될 것 같고, 곁의 동료와 대화조차 나누기 어려울 것만 같은 적요 속에서의 클라이밍은 상상조차 할 수 없다. 역시 암장에서는 볼륨을 크게 해 놓고 음악을 쾅쾅 때려줘야 하는 것이다.

그러나 그 음악들은 쉽사리 소비된다. 일시적으로 흥에 겨워 리듬을 맞출 뿐, 암장을 울리는 소리의 향연은 결국 일회적으로 허비되어 대기 속으로 사라지고 마는 것이다.

개인적으로는 암장의 음악이 좀더 다양하고 수준이 높

았으면 하는 바람이 있다. 이 말은 획일적 장르의 음악만으로 종일 암장을 울리지 말았으면 하는 바람과 함께, 암장 경영자가 음원과 앰프와 스피커에 조금 더 신경을 써주었으면 하는 부탁이기도 하다. 운동을 하며 세 시간가량 듣는 음악이 누군가에게는 고역일 수도 있기에 그렇다.

나의 로컬 암장에서는 스피커만을 교체하는 것으로 한결 편안한 소리가 울려 나왔다. 또 어떤 곳에서는 장르가 다양한 음악이 흘러나와 운동과 음악을 동시에 향유하는 일석이조의 효과를 산출했다. 가령 창밖으로 촉촉이 비가 내리는 날에는, 무조건 발랄 상쾌한 걸그룹이나 헤비메탈 곡보다, 빌리 홀리데이(Billie Holiday)의 〈I'm a fool to want you〉 같은 곡이 훨씬 더 적합하지 않은가? 이런 주장이 헛된 꿈만은 아님을 경험한 적이 있다. 위에서 말한 재즈가 흘러나오는 암장에서의 체험 때 그랬다.

사례는 또 있다. 아주 예전에 유튜브에서 본 클라이밍 영상 중에는 심수봉의 〈그때 그 사람〉이 흘러나왔다. 처음에는 '이건 뭥미?' 했으나, 지구력을 하는 클라이머의 움직임과 그 노래는 의외로 합이 좋아 놀라웠다. 그렇다면 클라이밍장에 배호의 〈안개 낀 장충단 공원〉이나 김추자의 〈님은 먼 곳에〉도 이질적일 까닭은 없다. 또 판소리도 나쁘지 않고 민요도 어울리지 않을까?

올드 팝도 적합할 것이다. 전에 나의 로컬 암장에서 센터장님에게 신청곡을 부탁했던 적이 있다. 그 노래는 이글스(Eagles)의 〈Hotel California〉! 당시 나의 수준에서는 조금 어려운 5.10c급의 지구력 문제에, 탈거 전 마지막 도전을 하며 노래를 틀어달라 했다. 한 달 내내 노력했기에, 완등을 하면 이글스의 멤버들이 호텔 캘리포니아를 작곡하고 외쳤던 말, "오, 신이시여! 우리가 이 곡을 만들었단 말입니까?"를 패러디해 "오, 신이시여! 제가 이 문제를 완등했단 말입니까?" 하고 외칠 생각이었다.

어렵사리 완등은 했다. 하지만 많은 사람들 앞에서 마음먹었던 그 말만큼은 내뱉지 못했다. 창피할 것 같아서였는데, 지금 생각해도 입을 다물기를 잘했다. 아무려나 당시 '호텔 캘리포니아'의 리듬을 타며 홀드를 잡고 무브를 취하며 벽을 오르는 느낌은 신선하고 즐거웠다.

요즘의 MZ 세대는 문화적 '취향'을 중시하고, 또 그것으로 타자와 '구별짓기'를 하여 자신의 정체성을 드러낸다. 그것은 곧 우리 사회가 다양성을 지향하는 쪽으로 전화한다는 것과 다르지 않다. 그 흐름에 암장 종사자들도 부응해야 한다고 본다. 그리고 그 시발점이 암장 실내의 음악일 수도 있지 않을까 싶다. 큰 비용의 추가는 없을 것이다. 단지 세분된 음악을 트는 것만으로도 목적은 성취될 것이다. 그때 실내 클라이밍은 스포츠에 문화를 결합한 무엇으로 새롭게 도약할 수도 있을 것이다.

자, 준비가 되었다면 암장에 온 누군가의 생일날에는 'Happy Birthday'와 연관된 곡들도 풍성하게 울려주자.

암장을 울리는 소리의 향연

2

거의 아무도 인정해주지는 않지만, 나는 스스로를 '3대 미학주의자'라 생각하며 살고 있다. 그 미학의 내용 세 개는 다음과 같다. 첫째, 나는 현대 한국소설에 나름의 미학주의자로 여긴다. 이는 나의 전공 분야이기도 하고 현재 직업과도 연관이 있다. 둘째, 음악과 오디오에 미적 취향을 드러낸다. 아주 고가는 아니지만 꽤나 괜찮다고 평판이 있는 하이파이 오디오를 갖고 있고, LP 음반과 CD 음반도 적잖이 소장하고 있다. 셋째, 클라이밍 무브의 아름다움을 동경한다. 완등도 중요하지만 세련된 무브로 유려하고도 웅장한 등반을 나는 간절히 원한다.

이 중 본 챕터와 관련한 내용은 음악이다. 앞 절에서 언급하기는 했으나 부가할 것이 있는데, 그것은 암장에서 클라이머의 완등을 위해 꼭, 필수적으로, 의무적으로 들어야 할 음악에 관해서이다. '어? 그런 것도 있남?' 하고 고개를 갸우뚱거릴 분도 있겠지만, 일단 한번 들어보

시라!

먼저 가객(歌客) 김광석의 노래를 소개한다. 모든 이의 심금을 울리는 목소리의, 그러나 1996년 1월 서른셋의 나이로 요절한 비운의 가수 김광석. 〈서른 즈음에〉, 〈너무 아픈 사랑은 사랑이 아니었음을〉, 〈거리에서〉, 〈혼자 남은 밤〉과 같은 노래…… 뭐라 더할 말이 없어 말줄임표로 대체했는데, 아마도 필자의 이 마음은 독자들도 넉넉히 헤아리리라 믿는다. 덧붙여 그가 '노래를 찾는 사람들'과 함께 했던 민중가요 〈이 산하에〉, 〈광야에서〉 등도 여전히 감동적이다.

그런 김광석의 활약은 클라이밍계에까지 발이 걸쳐져 있다. 클라이밍에서 높이 있는 홀드를 잡기 위해서는 두 발의 힘을 믿고 필수적으로 '일어나'야 한다. 일어나지 못하고 팔로만 홀드를 잡으려 하다가는 필패이다. 그 원리를 수행하지 못하는 많은 클라이머들을 위해 틀어주어야 하는 노래, 바로 흥겨운 하모니카 소리에 미성의 그가 모처럼 박력 있는 목소리로 부르는 〈일어나〉를 반드시 암장에 울려주어야 한다. 그때 일어나지 못해 완등 실패의 위기에 처한 클라이머들은 "일어나 일어나 봄의 새싹들처럼" 성공을 할 수 있을 것이다.

다이노에 대한 두려움과 어려움은 클라이머들 모두가

공감한다. 목표 홀드를 향해 과감히 두 발을 '버리고' 공중으로 비상하는 여린 생명체들의 간절한 몸짓. 그러나 대개는 실패이고 몸을 던지기조차 두려울 때가 허다하다. 그럴 때는 어떤 노래가 암장을 뒤덮어야 할까? 우리에게 너무도 익숙한 "날아라 새들아 푸른 하늘을……"의 〈어린이날 노래〉? 나쁘지는 않은데, 왠지 내가 코 찔찔 흘리는 아이가 된 듯해 좀 그렇다. 그렇다면 마왕 신해철의 〈날아라 병아리〉는 어떤가? 어쿠스틱 기타가 잔잔하게 배음을 깔고 나지막한 그의 목소리가 매력적인 이 노래를 통해 클라이머들은 "이젠 아픔 없는 곳에서 하늘을 날" 수 있지 않을까?

훅 역시 클라이머들에게는 만만치 않은 과제이다. 상황에 따라 힐, 토우, 그리고 발등훅의 기술을 동원해 홀드를 넘어서야 하는데, 막상 훅을 걸어보면 잘 걸리지 않아 난감한 경우도 허다하다. 이런 고민을 치료해주는 외국 그룹이 있다. 바로 닥터 훅(Dr. Hook), 밴드 이름에서부터 이미 모든 훅의 문제는 우리에게 맡겨달라는 듯한 이 그룹은 1970년대에 유명세를 타기 시작했다. '갈고리'라는 그룹명답게 이들의 주특기는 사물(클라이머들에게는 홀드)에 '걸기'이다. 자, 훅이 안 되어 고민하는 클라이머들에게 "Walk light in, sit right down……"으로 시작되는 닥터 훅의 〈Walk Light In〉을 틀어주면 훅의 성공률은 배가 되지 않을까 싶다.

세로로 늘어선 홀드를 손으로는 당기고 발로는 밀어 올라야 하는 레이백의 벽에 막혀 고전하는 클라이머들에게는 이런 곡을 틀어주기를 권한다. 다름 아닌, 1970-80년 대에 우리나라에서 선풍적인 인기를 끌었던 그룹 스모키 (Smokie)의 〈Lay Back In The Arms Of Someone〉. 이 노래를 들으며 레이백을 하면 마음이 한결 푸근해지는 느낌을 받을 수 있을 것이다.

볼더링 문제를 풀기 위해 거듭된 노력을 해도 실패의 연속을 맛볼 때는 강산에의 〈넌 할 수 있어〉가 좋다. 이 노래는 클라이밍뿐 아니라 실의와 좌절에 빠진 모든 이들에게 용기와 희망을 불러일으키는 노래이다. "너라면 할 수 있을 거야. 할 수가 있어. 굴하지 않는 보석 같은 마음 있으니……" 이 글을 쓰며 다시 듣고 있는 그의 노래 가사는 정말, 힘들고 절망에 빠진 이들에게는 이보다 더한 위로가 있을까 싶을 만큼 절절하고 소중하다. 홀드 앞에 무릎 꿇고 어깨를 늘어뜨린 클라이머들이 이 노래를 듣는다면 다시 손에 초크를 바르며 결의를 다질 것이다.

아, 멤버 세 명이 모두 미국인들이지만, 영국에서 그룹을 결성한 희한한 밴드, 아메리카(America)의 〈You Can

Do Magic)도 좋겠다. 남녀 간의 사랑 노래이기는 해도, 가사 속의 "When you cast your spell you will get your way…(당신이 주문을 외우면 길을 찾을 수 있다는 걸…)"와 같은 구절은 완등을 열망하는 클라이머들에게 용기를 주기에 부족함이 없다.

홀드와의 각축 끝에 완등을 한 클라이머에게는 어떤 노래가 어울릴까? 영원한 청춘의 찬가인 무한궤도의 〈그대에게〉를 추천하고 싶다. 1988년 대학가요제의 대상곡인 〈그대에게〉는, 노래의 전주에서부터 환희의 팡파르로 충일하다. 그간의 노력에 대한 보상으로 이만한 곡이 있을까?

물론 암장의 모든 이들에게 이 노래들이 적용될 수는 없다. 누군가는 온 사이트 완등의 기쁨으로 환호작약하고 있을 것이기 때문이다. 그렇더라도 어느 구석에서 실패의 슬픔을 곱씹고 있는 클라이머들을 놓쳐서는 안 된다. 암장을 울리는 소리의 향연으로 그들에게 용기를 북돋아주어야 한다. 그것이 바로 암장 음악의 힘, 단순히 소비되지 않는 음악의 효용!

코로나19 시기의 클라이밍

2018년 2월부터 시작한 클라이밍에 나는 한창 재미를 붙이고 있었다. 운동과는 담을 쌓았던 지난 세월이었지만, 뒤늦게 시작한 클라이밍은 너무 힘이 들기는 했어도 나와 잘 맞는 것 같았다. 볼더링과 지구력 문제를 풀어가면서 성취욕도 한층 증가했고, 턱걸이도 할 수 있게 되어 체력이 향상되고 있음을 체감할 수 있었다.

그렇게 클라이밍에 열중하는 시간은 즐거웠다. 나는 일주일에 세 번 정도 암장에 나가 운동을 했다. 실력 향상은 둘째로 치더라도, 일단 꾸준히 암장에 나가 운동을 하는 것이 중요하다 생각했다. 날마다는 아니지만 학교에서 강의를 마치고 귀가하기 전 암장에 들르는 일은, 나의 일상적 루틴이 되었으며 운동을 마치고 집에 가면 뿌듯함이 밀려들었다.

그 충일감에 훼방을 놓은 것은 누구도 예상하지 못한 코로나19였다. 처음에는 그것이 무엇인지도 잘 몰랐는데,

점점 확진자가 늘고 중증 환자의 사망률도 높아지면서 사태의 심각성이 위협적으로 다가왔다. 급기야 코로나19에 사회는 전반적으로 급격히 위축되었고 그 여파는 학교에도 밀려들어, 2020년 신학기는 비대면 수업으로 진행되었다. 그것은 이 글을 쓰고 있는 2022년 1학기까지 지속되고 있고, 다행히 2학기부터는 대면 수업으로 전환될 예정이다. 그러나 이 글을 다시 살피고 있는 2022년 12월 13일 발표된, 전날의 확진자 수는 86,852명으로 또다시 위기감을 고조시키고 있다.

코로나19의 직격탄은 여지없이 전국의 모든 암장에도 밀려들었다. 실내체육시설인 클라이밍장은 2020년에 접어들어 '사회적 거리두기'의 차원을 넘어선 정부의 엄중한 '집합금지' 방침에 영업을 제한할 수밖에 없었다. 얼핏 떠오르는 기억으로, 2020년에는 7월 중순과 12월에, 2021년에는 1월과 4월 등에 모든 암장들은 한시적으로 폐쇄해야 했다.

한국은 물론이고 전 세계적으로 난리가 난, 하여 팬데믹(pandemic)이라 칭해지는 이 역병의 창궐 앞에서, 고작 얼마간 운동을 못해 아쉬웠다는 말 따위는 사치이다. 얼른 이 가공할 전염병을 다스려 이전의 안온한 일상으로 복귀하는 일은 지구촌 모든 이가 바라는 바일 터이다. 개인적으로는 클라이밍이 중요하지만, 그것이 인류 전체의 안전보다 우선시될 수는 없는 것이다.

다만 이 말만은 하고 싶다. '집합금지' 조처로 불의의 클라이밍 공백기를 맞은 기간 동안, 나는 두 가지 사실을 깨달았다.

하나는 내가 정말 클라이밍을 사랑한다는 점이다. 클라이밍 휴지기에 암장에 가 운동을 하고 싶어 미칠 지경이었다. 클라이밍을 잘하고 못하고의 문제가 아니다. 나는 단지 아무런 구속 없이 홀드를 잡고 또 밟고 암벽을 기어오르고 싶을 뿐이다. 완등을 하고 싶어 했던 문제를 풀다 추락의 나락으로 곤두박질치는 것도 아무렇지 않다. 그저 자유롭게 유유히 암벽을 오르는 진정한 클라이머가 되고 싶었다. 아마도 클라이밍 문제 해결에 대한 강렬한 욕망이 사그라들고 '그저 오른다는 일에 감사하고 즐거워하자'라는 마음이 생긴 때가 바로 이 무렵이다. 이제 나는 완등 욕심에 연연하는 자가 아니다. 가파른 절벽을 딛고 오르는 산양처럼, 나 역시 표표히 암벽과 맞서는 한 사람의 초탈한 클라이머이다.

다음으로는 홈 트레이닝의 어려움을 절감했다. 사실 집에는 팔굽혀펴기를 할 수 있는 푸쉬업 바, 복근을 다질 수 있는 AB 슬라이드 롤러, 전신 스트레칭에 도움이 되는

폼 롤러, 문틀 철봉 등이 구비되어 있다. 모두 클라이밍을 시작한 이후에 구입한 것들인데, 실제 사용한 적은 거의 없었다. 그러나 이번 '집합금지' 기간에는 집에서나마 기구들을 활용해 열심히 운동하려 마음을 먹었다. 되지 않았다. 생각과 달리 이상하게도 집에서는 트레이닝이 안 됐다. 나의 게으름과 의지박약의 문제일 수도 있지만, 아무튼 실패했다. "홈 트레이닝이 가능한 사람은 정말 독한 사람이다"라는 말을 인정할 수밖에 없다.

이 두 가지를 인식하고, 다시 암장에 간 나는 열심히 클라이밍을 한다. "진료는 의사에게, 약은 약사에게"라는 말처럼, 운동은 역시 운동 공간에서 해야 한다. 욕심을 버리고, 운동 그 자체에 충실하면서……

암장에서의 호칭에 대한 객쩍은 제안 하나

듣기에 따라 실없는 헛소리처럼 들릴 수도 있으나, 사정을 톺아보면 꼭 그렇지만은 않을 수도 있다는 사실을 먼저 상기하자. 남녀노소 지위고하를 막론하고 암장에는 무수한 사람들이 드나든다. 홈 집을 말 그대로 자기 집처럼 오가는 일이야 당연지사이다. 거기에 일면식 없는 사람들이 여기저기 원정을 가 운동을 하는 경우도 흔하다. 홈이나 원정이나 암장에 왔다가 운동이나 열심히 하고 가면 그만일 터이나, 이래저래 한두 번 안면을 익히기 시작하면 생면부지였던 사람과도 '거래'가 트인다.

그때 문제가 되는 것이 상호 간의 호칭이다. 많이 변했다고는 하지만 여전히 한국사회에서 연령 차이에 따른 상하의 위계가 남아 있는 편이고, 또 동년배의 동성이나 이성을 어떻게 호칭해야 할지 난감한 경우도 분명 존재한다. 마치 미팅에 나가 '호구조사' 하듯 상대의 이름과 나이 등을 묻는 일도 여차하면 결례가 된다. 상대를 부를 때 "저…" 하고 말끝을 사리게 되는 것도 답답하기만 한 노릇이 분명하다.

나 역시 상대의 호칭에 곤란을 겪는 경우가 있다. 나의 암장은 원정 클라이머들보다 정기 회원들이 많다. 문제는 늦게 운동을 시작한 내가 그들 거의 대다수보다 나이가 많다는 사실이다. 그것도 "첫사랑에만 실패하지 않았다면 너 같은 자식이 있을" 법할 정도의 나이 차가 나기도 한다. 그러니 나의 입장에서는 그들에게 편하게 대한다 해도 저쪽에서는 좀 어려운 모양이다. 그들은 나에게 최대한의 존칭을 하며 예를 다한다. 그 고마운 마음 잘 알고 있으나, 불편한 점도 있기는 하다.

홈 짐에서 나에 대한 회원들의 호칭은 다음 몇 가지로 나뉜다. 첫째는 '교수님'으로 부르는 경우이다. 이는 나의 직업을 근거로 하여 칭해지는 듯한데, 나는 대학에서 강의를 하고 있기는 하지만 강사로서 소임을 다할 뿐이다. 언어의 인플레이션이 유독 심한 우리나라에서, 나마저 그 물결에 휩싸이기는 싫다. 내가 실제 교수라 해도 운동하러 와서 그렇게 불릴 필요는 없다는 생각이다. 직업으로만 불린다면, 암장에서의 호칭은 저마다 대학생님, 간호사님, 사장님, 회사원님, 공무원님 등등 직장 직위의 대변인들로만 존재할 것이다.

두 번째로는 선생님이다. 어의 그대로 나는 그들보다 먼저 태어나 산 사람이기에 그 호칭이 전혀 틀리지 않다. 그리고 일반적으로 선생님에는 존중의 의미가 진하게 담겨 있어 고맙기는 하지만 왠지 딱 마음에 들지 않는다. 나 역시 내 나이 또래의 회원들에게는 누구 선생님 하며 부르고 있기는 하지만 말이다. 이와 비슷하게 나를 선배님으로 부르는 경우가 있다. 이때 운동의 시작이 누가 먼저인가와는 상관없다. 그냥 함께 같은 운동을 하는데, 나이가 좀 많으니 이렇게 칭하는 듯하다. 그러면 나는 후배님이라 응대한다.

세 번째로는 형님으로 부르는 친구들도 있다. 그들 대개는 성격이 털털하고 호방한 사람들이다. 차라리 이 호칭이 편하기는 한데, 내가 그들을 부를 때 '아무개 아우' 하기가 좀 어색하다. 일상에서도 '누구 동생' 하고 불러 본 적이 없어서 그런 것 같다. 하여 나는 그들의 이름을 기억해 '누구 씨' 하고 응대를 한다.

이런 불편을 일시에 해결할 묘책은 없는 것일까? 어느 날 나는 침대에 납작 엎드려, 어색하고 통일되지 않은 호칭의 대안책을 궁리해보았다. 그리하여 얻은 방책은 회원들이 '자호(自號)'를 만들어 암장 운영진에 알려주고 나머지들이 그렇게 불러주면 어떨까 하는 것이었다. 출처가 정확히 기억이 나지 않는데, 예전에 어디선가 "군자는 자호를 삼간다"라는 말을 들은 적이 있기는 하다. 하지만 우리가 군자는 아니니 뭐……

나는 일단 나의 호를 먼저 작명해보자고 생각한다. 우리는 바위를 통해 암장에서 만났으니 누구의 호에든 간에 바위 암(巖)자나 벽 벽(壁)이 들어가는 것은 필수 요소이다. 그렇다면 어떻게 이 두 글자를 활용해 호를 지을 것인가?

이제껏 나는 세 가지 일을 열심히 해오며 살았다. 첫째는 글 쓰고 책 읽는 일, 둘째는 나름으로 음악을 열심히 들었다는 점을 들 수 있다. 그리고 나머지 하나가 클라이밍인데, 앞의 두 가지 일들을 매끄럽게 차용해 바위 암이나 벽 벽 자에 붙여 호를 삼으면 되겠다 싶다. 그래서 떠올려 본 것은, 서암(書巖), 필암(筆巖), 가벽(歌壁), 낙암(樂巖), 아니면 세 가지 일을 통칭할 서가암(書歌巖) 등등을 궁굴리기는 했으나 딱 눈에 들어오지는 않는다.

혹시 이러다 클라이밍보다 자호 짓는 데에 더 시간을 빼앗기는 것은 아닐까? 괜히 멋쩍은 웃음이 나오는 가을밤이다.

미강 선배의 폭풍 성장

　"시간이 쏜살같다"는 말처럼 오 년의 시간은 훌쩍 지
나갔고, 어느덧 이 글을 쓰고 있는 이도 '꾸역꾸역 클라
이밍' 육 년차에 접어들고 있다. 클라이밍을 통한 많은 변
화가 있었다. 그것을 구체적으로 쓸 필요는 없을 것 같다.
이 글을 읽으시는 클라이머들이 클라이밍을 통해 변화한
그대로 나 역시 변모했기 때문이다. 다만 한 가지만 밝히
고자 한다. 예전에는 볼더링이나 지구력 문제를 풀기 위
해 전의를 불태우던 시절이 있었다.

　그러나 이제 그때만큼의 굳건한 승부욕은 사라지고 있
는 듯하다. 클라이밍에 대한 애정이 식어서는 결코 아니
다. 오히려 클라이밍에 대한 나의 사랑이 더욱 깊어지고
또 절실해지고 있다는 사실을 나 스스로는 잘 알고 있다.
그럼에도 클라이밍에 보다 온유해진 연유는, 이 책을 쓰
는 동안 나 자신이 '클라이밍 미학자'로 전화하고 있다
는 느낌 때문이다. 물론 아무도 인정해주지 않을 수 있는

말이기는 하다. 이제 단지 클라이밍을 잘한다는 것에 중점을 두기보다 하나를 풀더라도 미학적인 클라이밍을 하고 싶다는 욕망이 갈수록 강해진다. 〈유려한 등반을 위하여〉라는 챕터의 글을 쓰게 된 연유도 거기에서 비롯했다.

나의 변모는 그렇고, 지난 오 년 동안 미강 선배 역시 많은 성장을 했다. 미강 선배가 누구냐고? 이 책의 앞부분에 나오는 미강 선배, 바로 그 아이이다. 그때는 꼬마 소녀였는데, 어느덧 초등학교에 입학했고 지금은 5학년생이 되었다. 내후년이면 중학생이 되니 어엿한 꼬마 숙녀로 바뀔 것이다. 신체적 성장도 물론이다. 정말이지 진부한 표현이지만 작은 키에 고사리손으로 홀드를 잡을 때의 연약함은 온데간데없이, 키도 훌쩍 컸고 손도 커져 핀치나 슬로프 홀드 정도를 제외한 나머지들은 손쉽게 움켜쥐고 제압한다.

당연히 클라이밍 실력도 일취월장했다. 이따금씩 보여주는 고급의 퍼포먼스는 그의 성장 가능성을 예견케 한다. 유연한 몸놀림으로 성인들도 버거워하는 무브들을 손쉽게 해내는 것을 보면, 이후 클라이밍에 대한 파죽의 기세를 예감할 수 있다. 머지않아 그는 우리의 실력을 월등히 추월할 것이다. 하여 암장의 몇몇은 벌써부터 미강 선배에게 머리를 조아리고 있다. "앞으로 많은 지도편달 부탁드린다"며 공손히 말이다. 누군가는 미리 미강 선배에게 아이스크림을 사주며 '와이로'를 쓰는데, 나도 뭔가 그래야 하지 않나 싶기도 하다. 아, 한발 늦었나?

미강 선배의 정신적 성숙에 대한 이야기도 빼놓을 수 없다. 당연한 말이기도 하겠지만, 처음 만난 일곱 살 때의 어휘력과 지금의 그것 차이는 어마어마하다. 이제는 제법 고급한 단어들을 사용하며, 학교에서 배운 지식을 대화에 활용하는 것을 보면서 지적인 성장도 월등해졌다는 사실을 확인할 수 있다. 그리고 잘 울지도 않는다. 예전에는 뭔가 조금 슬프고 서러우면 눈물을 뻘뻘 흘리던 아이였는데, 지금은 혹시 그런 일이 있어도 내적으로 잘 다독거리는 성숙한 모습을 보이는 것이다.

그렇게 미강 선배는 성장하고 있다. 앞으로 시간과 경험이 쌓여 이 사회의 올바른 어른이 되어갈 것이다. 당연히 나는 늙겠지. 그래도 한번 선배는 영원한 선배이다.

미강 선배 계속 화이링!

암장에 떠다니는 '구라'의 향연

　암장 회원들 모두 각 분야의 전문가들이다. 생업에 종사하는 자, 그 누구도 자신의 업무 분야에 전문가가 아닐 수 없으며, 학업에 충실히 임하는 학생들 역시 전공에서 최고의 전문가가 되기 위해 노력한다. 이 다기한 분야의 전문가들이 암장에 모여 있으니 '구라'의 향연이 성대하지 않을 수 없다.

　'구라'의 서막은 대체로 시사 이슈로 열린다. 이 복잡다단한 세상에서 24시간이라는 하루 동안 얼마나 많은 일들이 발생하고 보도되는가? 인터넷과 휴대폰이라는 매체를 통해 시시각각 보도되는 뉴스는 지구촌 방방곡곡을 깡그리 훑어 호사가들의 관심을 촉발한다. 월드컵 같은 전 세계적인 대사에는 누구라도 할 말이 많다. 이 혼돈의 대한민국 정치에도 성인이라면 누구나 보탤 말을 가지고 있다. 예나 지금이나 '경기'는 도대체 어디로 갔는지, 늘 '경기가 없'어 '경기 불황'인 대한민국의 경제상황에도 장삼이사들은 한마디씩 거든다. 간혹 혹자가 개인사를 드러낼 때에도 암장의 클라이머들은 말을 섞을 준비가 되어 있다.

아주 넉살이 좋은 사람이 아니라면 클라이밍 초보자들이 먼저 화두를 꺼내는 일은 드물다. 그들은 대개 한 구석에서 초보 동료들과 나지막이 대화를 나누다가 만발한 '구라'의 꽃을 귀동냥하며 미소 짓는 것이 고작이다. 역시 암장 사랑방에서 대화의 물꼬를 트는 이는, 나이가 좀 된 '고인물' 클라이머들의 몫이다. 그들이 경박하지 않게, 조급하지 않게 삶의 연륜을 투영시킨 담론을 발화시키면, 언덕에서 굴러 내려가는 눈덩이처럼 저절로 말의 몸집이 불어나게 되어 있다.

가령 독실한 기독교 신자가 신앙에 대해 이야기를 하면 다른 종교의 전문가가 등장하여 대꾸를 한다. 그들이 종교상의 문제로 설전을 펼치는 것은 아니다. 그들은 상호의 입장을 존중하며 점잖게 이야기를 나눈다. 그러다 보면 개별 종교 이야기는 범신론으로 확장되어 세속적 인간사의 하찮음으로 심화된다. 이 얼마나 수준 높고 화기애애한 장면인지 모르겠다. 대한민국의 저질 삼류 정치인들이 꼭 와서 시청해야 할, 가히 장관이 아닐 수 없는 것이다.

그 와중에 일순 말길이 끊길 때가 있다. 한 사람이 벽을 타기 위해 암벽화를 신고 나설 때이다. 그 잠시간의 공백을 클라이머들이 놓칠 리 없다. 눈은 벽을 타는 동료들에 향해 있지만 입과 귀는 새로운 '야부리'를 갈망하며 열려 있다. 물론 등반에 서툰 후배 클라이머들에게의 조언 한마디도 잊지는 않고 말이다.

자 다음에는 누가 '입을 털려나?' 하는 찰나, 아니나 다를까 누군가가 툭 '노가리'를 까기 시작한다. 이번에는 암장에 어울리는 암벽화 관련 주제이다. 이 건으로는 이미 수다한 '구라'가 있었는데, 또 이 주제를 들고나오다니 싶다. 하지만 이번에는 예전에 품평했던 신발이 아닌 〈언패러럴(unparallel)〉사의 암벽화이다. 아닌 게 아니라 근자에 이 제품을 신은 사람을 나도 두서넛 본 적이 있는데 그 틈을 놓치지 않고 동료가 낚싯줄을 던졌다. 역시 여럿이 달려 문다. 이 암벽화의 제조국과 가격대와 제품군 등등이 회사의 암벽화에 대한 개괄적 이해는 순식간에 이루어졌다.

다음 주제로 넘어가나 싶을 때 저 구석에 있던 초보자급 클라이머가 최종 뒷갈망을 한다. 그는 앞서 나온 '야부리'들에 부연과 상술을 막힘없이 더한다. 일단 그는 〈언패러럴〉사의 암벽화 제품군을 술술 나열한다. 인게이지

VCS, 인게이지 레이스업, 티엔프로, 레오파드2 등등. 몇 종의 특성을 숨도 쉬지 않고 좔좔 읊어대고 마지막으로 클라이머에게 가장 인기가 있다는 레오파드2에 대한 설명을 계속한다.

"레오파드2는 이 회사의 제품들 중 가장 소프트합니다. 홀드를 디딜 때 신지 않은 것 같은 느낌을 주는 이 암벽화는……"으로 이어지는 장광설은 좀처럼 멈출 기세가 아니다. 역시 전문가는 다르다. 그의 이야기를 듣다 벽을 타러 가는 동료도 있고, 또 문제를 해결하고 돌아와 경청하는 이들도 있다.

아, 클라이밍 초보자인 그대여! 당신도 '한 구라'하는 클라이머로 성장할 가능성이 매우 높다고 사료된다. 부디 그 기개와 재능, 암장에서 더욱 연마하기를!

먼저 종교에 대해 논하다, 지구력을 끝내고 돌아온 클라이머가 입맛을 '쩝'하고 다신다. '아, 구라 주제가 바뀌었구나' 하는 마음일 것이다. 그러나 걱정은 없다. 다양한 전문가들의 집합소인 암장에서 '구라'의 주제는 결코 마르지 않을 테니……

그렇게 만발한 '구라'의 향연 속에 밤은 더욱 깊어가고 여기저기서 웃음꽃도 만화방창(萬化方暢)이다.

조금 더 유려한
클라이밍을 위하여

문제의 난이도를 결정하는 요인

볼더링이나 지구력 문제는 끝없이 새롭게 출제된다. 클라이머가 각고의 노력으로 많은 문제를 해결했다 해도, 화수분처럼 끊임없이 신기한 과제들이 나온다. 그러니 클라이머들이 과제 하나를 해결하거나 못 했다 해서 일희일비할 필요는 없다. 세월은 흘러가도 예비된 문제는 무궁무진하다. 많은 암장에서 공간을 분할하여 일주일마다 세팅을 바꾸는 일도 준비된 것이 없다면 불가능한 일이다.

클라이머들은 자신의 홈 짐이나 암장순례를 하며 무수히 많은 문제들을 접했을 것이다. 자신이 수행한 그것들을 통해 그들은 볼더링이나 지구력의 많은 패턴들을 몸으로 익혔다. 굳이 기록하지 않더라도, 몸이 먼저 반응을 해, 본능적으로 홀드를 잡고 기어오른다면, 그는 이미 일정 수준 이상의 클라이머라 할 수 있다. 그리고 그 과정에서 일정한 패턴을 파악할 수 있었을 것이다. 이쯤 되면 그들은 문제의 난이도를 대충 짐작할 수도 있다. 굳이 암장 측에서 붙이는 색깔별 난이도 띠지를 보지 않더라도 말이다.

『스포츠 클라이밍 실전 교과서』에서는 클라이밍 루트의 난이도를 결정하는 네 가지 요소를 설정한다. 이 글에서는 간단히 도해되어 있는 그것에 좀더 부연·상술하여 독자들의 이해를 돕고자 한다.

⑴ 홀드 컨트롤의 난이 여부

주지하다시피 클라이머들은 무수히 많은, 천태만상의 홀드를 잡고 등반을 한다. 클라이밍의 인기가 높은 근래로 올수록 홀드의 형태는 점점 다양해지고 있다. 문제는 어떤 식으로든 그 홀드를 제대로 통제할 수 있어야 완등이 가능하다는 것이다. 그러나 홀드 제압 양상이 만인에게 공평하게 적용되지 않는다는 사실을 클라이머들은 경험으로 잘 알고 있다. 가령 우리가 암장에서 가장 흔히 보게 되는 저그 홀드의 경우는 초보자라도 쉽게 그립을 할 수 있다. 하지만 손가락 끝을 걸쳐 잡는 크림프 홀드는 저그와 완전히 상황이 다르다. 손가락 두 개만 들어가는 포켓 홀드는 또 어떤가? 손가락 트레이닝과 적응 훈련이 없다면 포켓 홀드를 통제하기가 어렵다.

여기에 손가락의 굵기도 문제가 된다. 일반적으로 남성의 손가락이 여성의 그것에 비해 굵은데, 이는 포켓에 들어가는 손가락의 개수가 달라질 수도 있음을 의미한다. 가령 여성의 손가락은 세 개, 남성은 두 개가 들어가는 포켓 홀드가 있다면, 어느 쪽이 더 홀드 제압에 용이하겠는가.

또 남성에 비해 손이 작은 여성은 크림프 홀드를 잡기도 수월하다. 이에 비해 손이 큰 남성에게도 홀드 제압에서 유리한 경우가 있다. 손가락과 손바닥 모두를 이용해 마찰력을 극대화해 잡아야 하는 팜 홀드 그립에는 손이 큰 것이 절대적으로 유리하다. 또 요즘 많이 보이는 커다란 볼륨, 혹은 매크로 홀드를 잡기에도 대수(大手)가 유리한 것은 물론이다.

이렇게 클라이머 각자의 신체적 조건 차이와 단련의 정도가 홀드 컨트롤의 난이를 결정하는 요소로 작용한다.

⑵ 홀드 간의 거리 여부

소제목을 얼핏 보더라도 홀드 간의 거리가 멀수록 난이도가 올라간다는 짐작이 간다. 클라이머가 습관적으로 말하는 "멀어"가 바로 이 홀드 간의 거리에 관한 것이다. 홀드 간의 거리가 멀면 다양한 무빙을 동원해야 성공 확률이 높다. 손만 뻗으면 닿을 거리에 있는 홀드는 그냥 지나가면 된다. 그렇지 않을 경우 클라이머들은 훅을 걸어 자신의 몸을 위로 끌어올린 후 손을 뻗어 가까스로 홀드를 잡는다. 그래도 안 된다면 런지나 다이노를 활용해 '발을 버리고 몸을 던져야' 한다. 런지나 다이노가 어려운 것은 그만큼 멀리 떨어져 있는 홀드를 잡기 위한 간절한 몸부림이기 때문일 터이다.

(3) 홀드의 배치 상황 고려

같은 홀드라도 그것이 어떻게 배치되어 있는가의 여부는 클라이머들에게 다양한 밸런스를 요구한다. 가령 같은 포켓 홀드라도 그것의 홈이 12시 방향에 있는 것과 6시 방향에 있는 것은 천양지차이다. 12시 방향은 저그 홀드처럼 손등이 보이게 포켓에 손가락을 넣어 상대적으로 발 홀드에 신경을 덜 써도 된다. 하지만 그것이 언더 홀드로 배치되면 잡기도 어려울 뿐만 아니라 양발도 넓게 벌려 몸을 지탱해야 하기에 여간 까다로운 것이 아니다.

또 엣징을 해야 하는 발 홀드의 표면이 미끄러운 쪽으로 배치가 되었다면 그것도 여간 곤혹스러운 일이 아니다. 볼더링 문제의 스타트 홀드를 낮은 쪽에 배치해 몸을 쭈그리고 앉아서 출발을 해야 한다면 그 역시 쉽지 않다.

이처럼 홀드의 배치를 어떻게 하느냐에 따라 루트의 난이도는 달라진다.

(4) 벽의 경사 정도

클라이머가 수직에 가까운 페이스 등반을 할 때와 경사가 심한 오버행을 오를 때의 난이도 체감은 다르다. 둘다 체력과 기술을 필요로 하는 것은 당연하지만 가파른 오버행을 오를 때의 어려움은 상상을 초월한다. 그리고 그것이 경사가 180도인, 말 그대로 천장 같은 루프를 가로질러야 할 때의 힘겨움은 경험하지 않은 사람은 절대 알 수 없다. 그럼에도 클라이머들은 숙명처럼 경사가 심한 벽을 올라야 한다. 그것을 위해 수련해야 한다.

'할 수 있는 것'과 '하고 싶은 것'은 다르다. 나의 실력과 신체적 조건의 한계에 직면한 상황에서 무리하게 고난이도의 문제에 달려드는 일은 삼가야 한다. 부상은 대개 그럴 때 발생한다. 무엇보다도 부상이 없어야 좋아하는 클라이밍을 계속할 수 있다. 작은 부상이라도 치료의 시간은 꽤나 필요하다. '인생 문제'에 지나친 집착 대신 트레이닝을 통한 체력과 실력을 연마한 후, 난제에 도전하기를 권한다. 그리고 문제를 풀기 위한 나의 욕망이 과도하

게 비대해질 때에는 '비겁하게 클라이밍 하기'를 꼭 기억
하기 바란다.

완등을 위한 다섯 가지 기본 요소

이 책을 쓰면서 많은 도움을 받는 참고문헌 중 하나인, *Learning to Climb Indoors*에 나와 있는 내용을 요약하여 소개하려 한다. 말 그대로 기본 요소이기에 클라이밍의 세기(細技)를 언급하지는 않지만, 어쩌면 계속 클라이밍을 할 사람들에게는 그것이 금과옥조가 될 것이라 생각된다. 만사에 기초가 튼튼해야 한다는 점은 아무리 강조해도 지나침이 없다. "뿌리 깊은 나무는 바람에 흔들리지 않듯" 클라이밍의 기초가 되는 이 내용을 숙지하여 실전에 활용하고, 튼실하게 자기화하면 더 많은 발전을 이룰 것이다.

⑴ 휴식 자리의 효율적 이용

휴식에 대한 논의는 다음 절, 〈가다 못 가면 쉬었다 가자〉에서 개략적으로 언급할 것이다. 거기에서는 쉬는 것과 쉬어가는 기술의 중요성에 대한 이야기가 나온다. 위

책의 저자 에릭 허스트는 레스팅을 할 자리에 대해 구체적으로 일러준다. 그는 휴식에 가장 좋은 자리를, "손에 중량이 실리지 않게 하여, 양다리를 펴고(굽히지 않고) 몸의 중심을 발에 온전히 얹을 수 있는 위치"로 설정한다. 그러니 지구력을 하는 과정에서 쉴 자리는 이 기준에 맞춰 찾으면 좋을 것이다. 만일 휴식을 취하는데 별다른 도움을 얻지 못한다면 이 기준에 부합하는 곳이 아니라는 뜻이니, 얼른 다른 휴식처를 모색해야 한다.

(2) 몸무게를 이길 수 있는 정확한 발 배치

팔의 힘만으로 자신의 몸무게를 이겨가며 계속 등반을 할 수는 없다. 물론 등반 도중 팔 털기 정도의 레스팅을 하기는 해도, 그것을 해가 다 지도록 하고 있을 수만은 없다. 최소한의 시간으로 효율적 등반을 완수하기 위해 자신의 몸무게를 발로만 지탱할 수 있는 홀드를 찾아야 한다. 물론 오버행에서는 예외적으로 팔 힘에 더 크게 의존을 하는 경우도 있으나, 그것을 제외하면 팔에 체중을 싣는 대신, 발에 자신의 몸무게를 얹는 일은 매우 중요하다.

그러나 손 홀드보다 적합한 발 홀드는 찾기가 어렵다. 책에는 이렇게 나와 있다. "클라이머의 몸의 중심이 발 위에 위치하고 그것이 지면 위에 수직으로 형성될 때, 힘의 균형, 안정성, 적용은 효과적"으로 된다고. 이 말은 곧 좋은 지점을 찾아 발의 힘에 의지해야 팔의 부하를 줄이고 효율적 등반이 가능하다는 것과 다르지 않다.

⑶ 홀드를 가볍게 쥐고, 팔은 다른 역할을 수행하게 하라

클라이밍 초보자들은 홀드를 있는 힘껏 움켜쥔다. 추락의 공포가 그렇게 하게 했으리라. 그러나 그 행동이 반복되면 어떠한가? 일찌감치 악력은 떨어져 몇 번 홀드를 붙잡지 못하고 나가떨어지고 만다. 얼마나 힘을 주었는지 운동을 끝낸 초심자들은 손을 부들부들 떨기까지 한다. 이 점에 대해 에릭 허스트는 세심한 조언을 던진다. 손 홀드를 잡는 것은 최소한의 힘만을 필요로 하는 것이라고. 그러니 홀드 그립에 너무 힘을 쏟지 말고 팔을 부가적으로 활용하라고. 그러면 팔을 어떻게 부가적으로 활용할 수 있을까? 팔의 움직임은 기본적으로 다음 홀드로의 이동에 필요하고 몸의 균형을 유지하는 데에도 도움이 된다. 역시 이 경우에도 팔을 굽히고 있으면 안 된다.

⑷ 안정된 무빙을 위한 좌우 규칙

*Learning to Climb Indoors*에서는 이 부분을 'Left-Right Rule'로 칭하고 있는데, 이는 클라이밍에서 가장 안정적

인 자세의 확보는, 손과 발의 방향이 엇갈려 있어야 한다는 것을 의미한다. 즉 왼손으로 홀드를 잡고 있으면 발은 오른쪽으로 딛고 있어야 몸의 중심이 회전하지 않는다는 것이다. 실제 클라이머는 이런 상황을 운행 중에 무시로 경험한다. 몸은 본능적으로 그 상황을 감지해 회전을 막기 위한 대처를 한다. 상급자 등반의 경우, 불가피하게 이 규칙이 깨지는 수도 있다. 가령 플래깅 무브 같은 경우가 그렇다. 이때는 왼손으로 홀드를 잡으면, 왼발로 홀드를 딛게 된다. 그러나 플래깅을 활용할 때 중심을 흩트리지 않기 위해 나머지 한 발로 깃발처럼 쭉 뻗어야 몸의 중심을 안정적으로 유지할 수 있다는 점을 잊지 말자.

⑸ 힘을 절약하는 무브

클라이밍에서 최고의 효율은 힘을 최대한 절약하는 것이다. 이를 위해 클라이머는 최선의 무브를 선택한다. 운행 중 최대한 힘을 아끼고, 그것을 폭발해야 할 때는 일시에 강력하게 사용하는 습관이 필요하다. 괜히 힘들일 필요가 없는 구간에서 과도하게 체력을 낭비할 필요는 없다. 그 상황을 제대로 분별하는 것이야말로 클라이머의 필수적인 역량인데, 이는 축적된 경험으로 해결할 수 있다.

책에서는 힘을 절약하는 방법으로 다섯 가지의 세부 지침을 제시한다. ① 홀드를 디딜 때는 최대한 소리를 내지 않기 ② 리듬을 타며 탄력 있게 운행하기 ③ 부드러운 무브와 몸에 긴장을 주지 않기 ④ 일정한 페이스를 유지하며 등반하기 ⑤ 호흡을 관리하며 등반하기

위에 나와 있는 다섯 가지는 클라이밍 초심자들에게 더할 나위 없이 귀한 조언들이다. 잘 새겨 이에 맞는 운행을 한다면 등반에 많은 도움을 얻을 것이다. 꼭 실천하기 바란다.

가다 못 가면 쉬었다 가자

단거리 스프린터는 힘을 집중해 폭풍 같은 질주력으로 주로(走路)를 달려 목표점에 도달한다. 이 과정에서 힘의 분산이나 호흡을 고르는 따위는 없다. 라인에 올라선 경주마처럼, 일체의 해찰 없이 앞으로 앞으로만 치고 나가는 것이 단거리 스프린터의 주법이다. 이에 비해 장거리 주자들은 사정이 다르다. 그들은 골인을 위해, 일정한 보폭을 유지하며 페이스와 호흡도 조절한다. 그들은 무작정 진력을 다해 달리는 것이 아니다. 달리다 멈춰 설 수는 없으나 체력 안배를 위해 힘의 소모를 최소화하여, 필요할 때 속도를 높인다.

인생이 마라톤에 비유되는 것도, 이처럼 삶의 구비에서 완급 조절이 필요한 때문이라 생각된다. 사실 기나긴 인생길에서 그 누구도 '우상향'으로만 갈 수는 없다. 수학의 다양한 곡선 그래프들처럼 삶은 알 수 없는 힘들의 영향으로 요동치기 마련이며, 그때를 슬기롭게 넘기는 일은 곧 삶의 성패와 직결된다. 비평가 노드롭 프라이(Northrop Frye)가 역작 『비평의 해부』에서 모든 이야기의 원형을 사계절의 순환으로 본 이유도, 그것이 인간사와 닮았다 생각했기 때문이다.

휴식 정도의 의미로 번역되는 레스팅이라는 용어는 클라이밍에서 중요한 요소이다. 특히 한 번에 사십 개 이상의 홀드를 잡고 오르는 지구력의 경우, 위의 장거리 육상 선수처럼 적절한 체력의 안배가 필수적이다. 의욕만 앞선다고 일시에 지구력 탑 홀드를 찍을 수는 없다.

『클라이밍 교과서』의 용어 해설에서 레스팅은 "단순히 '쉬는 것'이 아니라 '쉬기 위한 기술을 가리킨다'"고 나와 있다. 이 설명을 읽으며 크게 박수를 쳤다. 몇 년간 클라이밍을 하면서도 나는 레스팅이 단지 '쉬는 것'이라고만 인식해왔기 때문이다. 그러나 곰곰이 생각해보니 레스팅은 '쉬는 것'만은 아니었다. 우리가 홀드를 오르며 힘에 부치면, 대략 5-6초가량 양팔을 털어내곤 한다. 그 잠깐의 숨 돌리는 시간이 클라이머에게 얼마나 도움이 되는지는 모두 경험했을 터이다. 그런 한편으로 쉬기는 쉬는데 뭔가 쉬는 것 같지 않았던 상황에 당혹스러웠던 적도 있을 것이다. 이때가 바로 '쉬기 위한 기술'이 미숙해 그렇다.

요체는 레스팅을 언제 어떻게 해야 하는가를 숙지하는 데에 달려 있다. 클라이머가 레스팅을 하는 경우는 일반적으로 팔에 부하가 걸릴 때이다. 운행을 하다 보면 어느새 전완근에 펌핑이 오고, 악력은 약해져 홀드에 힘이 안 들어간다. 이때가 레스팅을 해야 할 순간인데, 클라이머들은 본능적으로 그것을 알고 적절히 쉬어 갈 홀드를 찾는다. 이 순간이 루트 파인딩에서 선행되면 더할 나위 없이 좋겠으나 초보자들에게 그것은 아직 무리이다.

어쨌든 쉬어 갈 타이밍에는 되도록 큰 저그 홀드가 좋고, 발 역시 큰 홀드에 딛는 것이 유리하다. 만일 손에 쉽게 들어오는 홀드가 없다면, 최대한 그에 가까운 유형의 홀드를 찾는 것이 중요하다. 또 양손을 '털어줘야' 함에도 그것이 한 손만 가능할 때에는 발 홀드를 옮겨 밟으면서라도 레스팅을 해야 한다. 간혹 그것이 귀찮아, 혹은 버거워 한 손만 털며 가까스로 버티는 경우가 있는데, 그것은 레스팅의 올바른 방법이 아니다. 번거롭더라도 안정된 자세로 양손을 '털어가며' 호흡을 고를 때 완등의 가능성은 높아진다. 레스팅 때 팔을 쭉 펴고 몸을 아래로 늘어뜨리는 것은 당연지사.

또 하나 명심해야 할 것이 있다. 무엇보다도 레스팅은 팔에 가중된 부하를 일시적으로 해소하는 데에 있다. 그것을 위해서는 짧게나마 쉬는 시간에 팔에 힘이 최소한으로 들어가야 하는데, 이때 몸의 중심이 체중을 지지하고 있는 발 홀드와 가까워야 한다는 것이다. 몸의 축이 회전하지 않는 한에서 말이다.

'쉬는 것'에 주안점을 두면, '쉬기 위한 기술'에 소홀할 우려가 있고 실제 많은 클라이머들은 그것을 간과한 채 홀드에 붙는다. 빨리 탑 홀드를 찍으면 좋지만 급할 것은 없다. 조금 늦더라도 완등은 추락보다 소중하다. 목적을 달성하기 위해서는 레스팅의 중요성을 인식하자. 사실 초보자들은 완등에 온통 정신이 팔려 지구력을 시작하면 쉴 곳을 찾고 안정되게 쉬어 가는 일은 안중에도 없는 경우가 많다. 하지만 완등을 위해 필수불가결의 요소가 레스팅이라는 사실을 꼭 잊지 말기를 바란다.

가장 볼품없이 쉬는 자세

벽 틈에 코 박고 쉬기

코어 근육의 중요성과 운행 중 호흡

코어는 말 그대로 핵심 근육이다. 인간의 신체활동 중에 필요하지 않은 뼈와 근육이 있겠는가마는, 그중에서도 핵이 되는 근육은 더욱 소중하다. 하여 그 근육을 코어 근육이라 일컫는 바, 이는 운동을 하는 사람에게는 너무도 긴요하다. 코어 근육이 중요한 이유는 일단 이것이 인간의 척추를 단단히 잡아주는 역할을 하기 때문이다. 33개의 뼈로 구성된 척추는 몸의 중심을 이루는 동시에 기둥 역할을 하며 몸을 움직이는데 도움을 준다.

그렇기에 많은 이들이 코어 근육을 키우기 위해 다양한 운동을 한다. 코어 근육 운동의 대표 격은 플랭크이다. 특별한 기구 없이 혼자 할 수 있는 이 운동은 일상생활에서도 짬을 내어 쉽사리 할 수 있다는 장점이 있다. 이 외에도 사람들은 마운트 클라이머나 크런치, 그리고 데드 버그 같은 동작으로 코어 근육을 키우기 위해 애를 쓴다. 나는 주로 롤아웃을 하는 편이다.

이 코어 근육이 클라이밍에서도 무척 중요하다는 것을 클라이머 모두는 알고 있다. 구체적으로 코어 근육이 왜 클라이머에게 필요한지에 대해 살펴보자.

첫째는 홀드를 잡고 버틸 때이다. 등반 중 자연스럽게 다음으로 진행이 되면 아무 문제가 없지만, 손과 발 홀드가 좋지 않아 가까스로 매달려 있을 때 코어 근육의 도움은 필수적이다. 이때 손가락이나 팔의 힘이 약해 추락한다고 생각하지만, 실제 어려운 홀드를 그립하고 버텨 다음으로 넘어가는 제일의 힘은 코어 근육의 강도와 연관이 있다.

둘째는 오버행을 넘어갈 때이다. 경사가 심한 오버행 구간에서 팔과 발로만 자신의 체중을 지탱하기는 힘들다. 가장 난코스인 오버행에서 몸의 중심을 유지하고 다음으로 홀드로 이동하기 위해서는 코어 근육에 힘을 꽉 주고 버텨야 운행이 원활해진다. 만일 그 힘이 없다면 여지없이 추락이다.

셋째는 도약할 때이다. 손을 뻗어도 닿지 않는 먼 거리의 홀드를 잡기 위해서는 런지나 다이노가 필수적으로 요구된다. 높이, 멀리 뛰는 것이 두 다리의 추동력만으로 가능하다는 생각은 큰 오산이다. 원하는 거리만큼 도약을 하기 위해서는 두 발로 홀드를 힘껏 박차고 날아오르는 것도 중요하지만, 그것을 가능하게 하는 가장 근원적인 힘은 코어 근육이라는 것을 잊지 말자.

살아 있는 생명체 모든 것은 숨을 쉰다. 숨을 쉬지 않는다는 것은 곧 죽음을 의미한다. 일상에서의 숨쉬기야 힘들 것도 없다. 농담처럼 말하는 '숨쉬기 운동'도 그런 맥락에서 나왔을 터이다. 하지만 클라이밍 중의 호흡으로 넘어가면 사정이 완전히 달라진다. 이 호흡의 중요성에 대해 언급을 하는 이유는 실제 필자가 클라이밍을 하던 중 호흡이 엉켜 낭패를 보았던 경험 때문이다. 그저 '숨쉬기 운동'처럼 하찮게 생각했던 그것이 이리도 중요한 것이었나 하고 깨달은 것은 암장 센터장님과 대화를 나눈 이후이다.

클라이머라면 볼더링이나 지구력 문제를 풀기 위해 홀드에 오르는 과정에서 가쁜 숨을 몰아쉰 경험이 누구나 있을 것이다. 문제는 바로 이 '가쁜' 숨이다. 숨을 헐떡거리는 이 얕은 호흡으로는 체내의 이산화탄소를 충분히 배출하고 산소를 수급하기에 역부족이다. 그렇게 되면 산소의 유입으로 근육에 에너지를 생성하고 피로한 그것을 회복시키는 데에 별다른 도움이 되지 않는다. 숨이 차오르는 것을 미리 방지하고, 근육에 도움을 줄 수 있도록 천천히, 깊게, 배로 호흡을 해야 한다. 물론 격렬한 퍼포먼스에서 유장한 호흡을 하기는 어려울 것이다. 하지만 잠시의 휴식이 가능한 지점에서는 배가 불러오는 것을 느낄 정도의 호흡을 하면 등반에 훨씬 큰 도움을 줄 것이다. 그리고 호흡은 엉키지 않게, 즉 리드미컬하게 하는 것이 필요하다.

힘, 이론, 동작

(1) 힘

클라이밍을 할 때, 팔의 힘이 좋으면 당연히 유리하다. 팔은 어깨 근육과도 연결되어 있기에, 팔의 힘이 좋으면 어깨의 힘도 좋다 여겨도 크게 틀린 판단은 아닐 것이다. 문제는 팔의 힘이 좋다 보니, 그 힘에만 의존해 등반을 하려 한다는 점이다. 팔을 뻗어 홀드를 잡고 그 힘으로 잡아당겨 다음으로 넘어가는 전형적인 동작은 대체로 클라이밍 초보자나 힘이 좋은 남자들에게서 발견된다.

그러나 이 글에서도 그렇고, 실제 클라이밍장에서 많은 이들이 이야기하듯, 팔로만 잡아당겨 운행하는 것에는 한계가 있다. 일단 팔에 부하가 크게 걸리는 관계로 오랜 시간 클라이밍에 임할 수 없게 된다. 그리고 더욱 치명적인 단점은 팔의 힘에 의존한 등반을 계속하다 보면, 클라이밍의 수다한 무빙을 익히는 데에 제약이 된다는 것이다. 우리가 잘 알다시피 클라이밍에는 얼마나 다양한 무브들이 있는가? 그 아름답고 섬세하고 과학적인 무브를 제대로 활용하지 못한다면 실력 향상을 이루기가 난망하다. 팔 힘이 아니라 더 힘이 센 발의 힘을 활용해 등반을 하자.

⑵ **이론**

실전과 이론은 물론 다르다. 피겨 스케이트 김연아 선수가 트리플 점프를 하기 위해 코치로부터 얼마나 많은 이론적 설명을 들었겠는가? 그럼에도 막상 연습에 임해서는 무수히 엉덩방아를 찧었으리라는 짐작은 보지 않아도 훤하다.

마찬가지로 초보 클라이머들도 강습에서 이러저러한 이론적 내용에 대해 귀에 못이 박히도록 들었을 터이다. 하지만 막상 실전에 적용하려면 제대로 되지 않는다. 하여 시중에 판매되는 클라이밍 관련 서적을 살피고, 유튜브 등의 매체를 통해 자신의 단점을 보완하려 무진장 애를 쓴다. 또 주위 사람에게 조언을 얻기도 하지만 사정이 쉽사리 달라지지는 않는다. 고수들 역시 예전에 익혔던 이론적 지식을 경우에 따라서는 제대로 활용하지 못하는 경우가 허다하다.

그렇다면 괴테가 『파우스트』에서 말한 대로, "모든 이론은 회색이고 언제나 영원한 것은 저 푸른 생명의 나무"
뿐인가? 단언컨대 그렇지 않다고 주장하고 싶다. 아직 이
론을 제대로 등반에 활용하지 못한다 해도, 이론을 알고
클라이밍을 하는 것과 그렇지 않은 경우는 천양지차이다.

다음 국어사전에 '이론(理論)'은 '사물이나 현상의 이치
를 논리적으로 일반화한 체계'로 정의된다. 이 단어에서
중요한 것은 '일반화'이다. 클라이밍으로 한정할 때, 이론
은 누구에게나, 또 어느 암장에서나 적용될 수 있다는 말
이다. 그것이 제대로 실행되지 않는 것은 클라이머 개인
의 신체, 근력, 적용의 난이 정도에 따른 차이일 따름이
다. 가령 힐훅이 누구에게는 되고 안 되고 하는 것은 아
니다. 또 그것이 이 암장에서는 되고 다른 암장에서는 안
되는 것이 아니다. 언제 어디서나 누구에게라도 이론은
공평하게 적용될 준비가 되어 있다.

그러니 당장 이론대로 되지 않는다고 실망할 필요는 없
다. 무빙의 이론을 내 것으로 만들기 위해 열심히 노력을
하면 된다. 그다 보면 어느 순간, '아 그 이론이 바로 이
렇게 사용되는구나' 하는 감을 딱 느끼게 될 것이다. 그
리고 그것의 성공률을 높이면 마침내 이론은 자기 것이
된다.

⑶ **동작**

이론의 적용도를 확인하기 위해서는 클라이밍의 특정 무브에 대한 동작을 해보는 것이 필요하다. 그 무브가 정확하고, 군더더기 없이 이루어지고, 그것을 바탕으로 다음의 홀드로 진행이 가능할 때 이론은 백 퍼센트 적용된 것이다. 이 성취감을 만끽하기 위해, 이론을 공부하며 가장 주의를 기울여야 하는 것은 각각의 이론적 용어를 정확히 이해하고 그대로 행하는 것이다.

개인적 경험을 이야기하겠다. 이 글을 쓰고 있는 지금도 필자가 잘 하지 못하는 동작 중 하나는 드롭 니이다. 사실 5.11b급 지구력을 하고 있는데, 마지막 탑 홀드는 드롭 니 무빙에서 크로스로 잡아야 한다. 그러나 번번이 탑 홀드를 잡지 못하고 있다. 즉 드롭 니를 제대로 수행하고 있지 못하는 것이다. 등반 중에 드롭 니는 이전에도 무수히 많이 했고, 현재 하고 있는 오버행에서의 5.12c에서도 사용이 필요한 동작이다. 그런데 유독 거의 직벽인 5.11b의 크로스 홀드 그립에서만 죽을 쑤곤 하는 것이다.

왜일까? 곰곰 생각해 본 끝에 내린 결론은 드롭 니의 어의대로 나의 무브가 수행되지 않는 것이 아닐까 싶었다. 말 그대로 드롭 니는 앉은 자세에서 한쪽 무릎을 드롭, 그러니까 아래로 떨어뜨려야 한다. 그런데 무릎이 떠

있어, 즉 몸의 중심이 높아 자세가 불안정한 상황에서 크로스 동작을 하려 한 것이 실패의 원인이 아닐까 싶다는 생각이다. 내일 암장에 가서 이 부분을 적용해봐야겠다.

아울러 드는 생각은 혹시 그동안은 클라이밍 중에 이런 것이 많지 않았나 싶어 뜨끔했다. 가령 니 바를 해야 하는 상황인데 무릎 대신 허벅지를 걸지는 않았었나 하는 생각. 힐훅을 걸어야 하니, 발뒤꿈치를 홀드 홈에 고리처럼 걸어야 하는데, 그저 갖다 대기만 한 경우는 없었나 싶기도 하다. 또 경사, 기울어짐이라는 의미를 지닌 슬로프 홀드를 어의 그대로 이해해, 손가락 끝의 힘과 손바닥의 마찰력을 극대화하고 하체와 코어를 이용해 제대로 대응했는지도 의심스럽기만 하다.

이는 곧 암장에서 일상적으로 쓰는 용어들에 내밀히 함축된 의미를 오롯이 실행하고 있는가에 대한 점검이 필요하다는 생각을 들게 한다. 그 단어의 뜻만 제대로 이해하고 정밀하게 대응했더라도 훨씬 향상된 가량을 갖게 되지 않았을까 싶기도 하다.

클라이밍 초보자들은 부디 필자와 같은 오류를 범하지 않기를 바란다. 그것이 곧 실력 향상의 기초라는 것을 어리석은 필자는 이제야 깨달았다.

몸의 중심 이동하기

클라이밍을 하다보면, "몸을 넘겨!"라거나 "무릎을 넘겨!"라는 조언을 흔히 듣게 된다. 이런 말은 대체로 홀드를 잡은 팔의 힘으로만 몸의 중심을 이동시키기 못할 때 주로 듣게 되는데, 이는 곧 몸의 중심 이동이 홀드를 팔로 당겨서만 수행되기 어렵다는 의미를 내포하고 있다. 주지하다시피 팔로 홀드를 당겨 몸 전체를 넘기기에는 한계가 있다. 팔의 근육은 작은 근육이기에 그보다 몇 배가 되는 몸뚱이 무게를 이동시키려면 큰 근육의 힘, 즉 발의 힘을 이용해 중심을 이동시켜야 한다.

그러나 말이 쉽지 발의 힘을 이용해 몸의 중심을 넘기는 일이 그다지 수월하지는 않다. 특히 초보자들은 애초에 그 개념을 잘 알지 못하는 경우가 허다하고, 설사 숙지하고 있더라도 이론대로 몸을 넘기는 일은 막상 제대로 실행되지 않는다. 그렇기에 등반 중 몸의 중심 이동을 위해서는 오랜 훈련이 필요하다.

몸의 중심 이동은 팔을 뻗어 진행 방향의 홀드를 잡기 어려울 때 사용된다. 즉 잡아야 할 홀드를 향해 팔을 뻗지만 닿지 않을 때 몸의 중심을 진행 방향 쪽으로 이동시키면 홀드를 용이하게 잡을 수 있다. 이때 몸의 중심 이동을 수행하는 발 홀드에는 체중을 실어야 원활하게 이동된다. 이것이 제대로 실행되지 않을 때, 클라이머들은 몸을 '던지게' 되는데, 이보다는 중심을 이동하여 원하는 홀드를 잡는 방법이 훨씬 안정적이다.

잡고 있는 홀드가 좋지 않아 다음으로 진행하기 어려울 때도 몸의 중심을 이동해야 한다. 이때 잡고 있는 홀드는 그저 거쳐 가는 정도로 여겨야 한다. 그 어려운 홀드에 무리하게 팔 힘으로 버티려 하면 추락을 피하기 어렵다. 이때 재빠르게 몸의 중심을 진행 방향으로 넘겨 다음 홀드를 잡아야 한다.

대체로 인간 육체의 무게 중심은 남녀노소 불문하고 배꼽 근처에 있다. 일상적인 직립보행 상황에서도 외부의 어떤 자극으로 몸의 중심이 흐트러지면 고꾸라지거나 넘어지는 것처럼 클라이밍에서도 몸의 중심이 안정적으로 확보되지 못하면 추락을 면하기 어렵다. 일단 직벽이든 오버행이든 몸의 중심은 벽에 될 수 있으면 가깝게 붙어 있어야 한다. 그때 자세의 안정성을 확보할 수 있고, 손에 걸리는 부하도 줄일 수 있다. 모두 그렇지는 않지만 대체로 무게 중심이 낮을수록 안정적이다.

몸의 중심을 이동할 때에는 진행 방향 쪽 발 홀드에 힘을 가해야 한다. 그 힘으로 클라이머의 몸의 중심을 잡아야 하는 홀드 쪽으로 넘기는데, 이 동작이 제대로 이루어지면 몸의 중심 이동과 함께 무릎이 자연스럽게 발 쪽으로 구부러지는 것을 느낄 수 있다. 이렇게 안정된 자세를 확보한 후 손을 뻗어 다음 홀드를 잡으면 된다. 이 설명은 클라이밍에서 가장 흔하게 사용되는, 좌에서 우, 혹은 우에서 좌로 몸의 중심 이동을 할 때 적용된다.

몸의 중심 이동은 카운터 밸런스를 할 때에도 중요하다. 이 경우에는 높이 있는 홀드를 잡을 때 도움이 된다. 홀드가 높이 있는 만큼, 카운터 밸런스를 활용할 때에는 무게 중심이 높아야 효과적으로 다음 홀드를 잡을 수 있다. 그렇기에 중요한 것은 허리를 쭉 펴고 최대한 높이는 것이 필요하다. 그렇지 않으면 허리가 아래로 처지고, 엉덩이 역시 바닥 쪽으로 빠져 있게 돼, 몸의 중심을 진행 방향 홀드 쪽으로 옮기기 어렵게 된다.

몸의 중심을 넘길 때에는 그 속도 또한 상황에 맞게 적용해야 한다. 잡고 있는 홀드와 다음에 잡아야 할 홀드가 좋으면 머뭇거림 없이 바로 몸의 중심을 이동하면 된다.

이때의 궤적은 대체로 직선으로 형성되고, 속도가 빠른 만큼 가속을 얻는 데에도 도움이 된다. 하지만 손 홀드들이 나쁘다면 섣불리 덤빌 수 없다. 최대한 숙고하여 천천히 몸의 중심을 이동해 균형을 잡아야 다음 홀드를 잡을 수 있다.

몸 전체가 아니더라도, 무릎을 넘겨 몸의 중심 이동을 확보하는 방법이 있다. 이때는 대체로 짧은 거리의 중심 이동에 행해진다. 역시 중요한 것은 몸을 벽에 바싹 붙여야 그것이 가능해진다는 사실이다. 그리고 그때 손에 걸리는 부하를 줄일 수 있다.

앞에서 언급한 대로 몸의 중심 이동은 클라이밍 중에 늘 하는 것이데, 크럭스 같은 구간에서 꼭 필요할 때 사용하려면 훈련이 되어 있어야 한다.

유려한 등반을 위하여

이 절의 제목을 '미려(美麗)한 등반을 위하여'로 할까 하다 최종적으로 바꿨다. 미려는 말 그대로 '아름답고 곱다'인데, 그것만으로는 말하고자 하는 바가 제대로 전달되지 않을 수 있다 싶기에 그렇다. 아름답고 고운 등반, 어감이 좋다. 마치 클라이밍에 미학이 혼합된 것 같은 등반, 그렇게 암벽을 오르는 사람들도 분명 존재할 것이다. 하지만 '거침없이 미끈하고 아름답다'라는 뜻의 '유려(流麗)'라는 단어를 사용하자. '미려'와 같은 듯하나 이 단어의 의미 차이는 '거침없이'가 포함된 뜻풀이에서 파생한다.

이 '거침없이'는 단어의 '흐를 유(流)'의 어의에서 근거한다고 보인다. 마치 계곡에서 잠시의 쉼도 없이 끊임없이 흘러내리는 물처럼, 이 '거침없이'의 단어에는 잠시간의 멈춤도 존재하지 않는다.

그럼 클라이밍에서 이 '거침없이'는 무엇을 의미하는

가? 두 가지 정도의 의미로 해석이 가능하다고 판단되는데, 그 첫째는 운행 중에 휴식을 취하는 상황을 제외하고 동작은 계속 이어져야 한다는 점이다. 볼더링 문제를 풀 때 홀드를 하나 잡고, 손과 발을 안정화하기 위해 계속 고쳐 잡고 있다면 그 동작에서 유려함을 찾을 수는 없을 것이다. 이와 반대로 클라이머가 완벽한 루트 파인딩을 통해 홀드에 손을 넣을 위치와 어려운 홀드에 발을 디딜 지점까지 세심하게 점검한 후, 연속적 동작으로 등반에 성공한다면 바로 '거침없'는 유려한 등반으로 관객들의 박수를 받을 것이다.

머뭇거림이 없는 무빙으로 완등을 했을 때는 보기에도 좋다. 완등을 했어도 그 약간의 차이는 클라이머들의 실력 차를 느끼게 한다. 클라이머는 항시 유려하게 이어지는 무빙으로 홀드를 지나가야 한다. 잠시의 머뭇거림으로 무빙의 유려함은 훼손된다.

단순히 미학적 차원만이 아닌 실제 완등을 위해 필요한 유려한 무빙들도 존재한다. 『스포츠 클라이밍 실전 교과서』에는 '흐르는 듯한 연속 동작이 필요한 무브'로 하이스텝, 맨틀링, 보내기 무브, 런지, 크로스 무브, 데드 포인트를 제시한다. 이렇게 연속된 무브는 관성의 법칙을 이용하는 것인데, 등반 중 우리는 정지하지 않고 힘을 가해 몸이 자연스럽게 다음 홀드로 넘어가게 해야 한다.

유려한 무빙은 가속도를 얻을 수 있다는 장점도 있다. 클라이머는 홀드를 발로 밀고 손으로 당기고 하면서 몸을 이동시킨다. 기껏 힘을 들여 몸을 움직였는데, 즉 이제부터 가속도가 붙기 시작해 움직임을 원활하게 하는 데에 도움을 받기 시작하는데, 홀드를 고쳐 잡기 위해 탄력을 스스로 죽인다면 기껏 얻은 가속도를 다시 제로 상태로 만드는 우를 범하게 되는 것이다. 그리고 다시 몸을 움직여 가속도를 증가하는 일은 마치 차의 시동을 걸고 끄기를 반복하는 일과 마찬가지가 되게 한다. 이 얼마나 비효율적인 행위인가?

그러니 무빙을 시작하면 아주 미세한 멈춤도 없이 밀고 나가자. 잠깐의 휴지(休止)가 달구어진 운동력을 급속히 하강시킨다. 탄력을 받아 움직일 때 힘도 활용하기 좋고 등반의 성공 확률도 높인다. 그리고 이 글의 제목에서처럼 유려함도 확보할 수 있다.

이론적 논의는 이렇게 하고 있으나, 실제 등반 중에 이를 실행하기란 쉽지 않다. 초보자는 당연히 자신이 잡거나 딛고 이는 홀드에 대한 불안감으로 끊임없이 손과 발의 위치를 수정한다. 이 움직임이 가속도가 제로인 상태에서의 자세 수정에 불과할 따름이지만 말이다.

사정은 고수들도 마찬가지이다. 그들도 등반하기 쉬운 문제는 일순간에 해결하지만, 어려운 문제 앞에서는 역시 연속된 무브를 수행하기가 곤란해진다. 그들 역시 손과 발의 홀드를 좋게 잡고 밟기 위해 정지된 상태에서 그립과 발 딛기를 반복하는 것이다.

'일필휘지(一筆揮之)'라는 말이 있다. 붓을 잡고 단숨에 글을 써 내려간다는 뜻이다. 볼더링 문제의 첫 홀드를 잡았다면 이처럼 멈추지 말고 무빙을 연속하라. 그때 무빙의 유려함을 얻고 완등의 성공 확률을 높일 수 있다.

클라이머의 사생활

'강해지자'

대학생 시절, 친구의 방에는 이런 문구가 붙어 있었다. "The strong is beautiful!" 전자공학을 전공하는 친구답게, 배너 프로그램을 이용해 인쇄한 글이었다. 예나 지금이나 시종일관 '문과충'인 나는 A4 용지 한 장에 알파벳 두 개씩을 넣어, 가로로 출력해 벽에 건 그 실력이 일단 경이로웠다. 당시의 나는 '아래 흔글'도 쓰기 전이었는데, 그때는 아마 삼보 컴퓨터의 '보석글' 프로그램을 이용해 문서를 작성하던 수준이었을 것이다. 그런 나에게 친구가 컴퓨터로 직접 보여주며 설명한 배너 프로그램은 한마디로 신세계였다.

일단 친구의 컴퓨터 운용 능력에 나는 감탄했다. 잠시 후 '문과충'의 고질병이 도졌는데, "강한 것이 아름답다!"라는 문구에 대한 궁금증이 들어서였다. 도대체 '강함이란 무엇인가? 강/약의 기준은 무엇인가? 어떤 대상을 향한 강함을 의미하는가?'에 대한 의문이 스멀스멀 기어 올라왔다. 지금도 크게 달라지지 않았지만, 당시의 나는 '강하다'라는 단어 자체에 아무런 관심이 없었다. 그저 막연하게 '강하다'는 운동선수나 특전사 같은 육체적으로 상대방과 겨루어야 하는 직종의 사람들에게만 해당된다고 생각했을 따름이었다.

그런 상황에서 '강하다'라는 큼지막한 글자에 직면하니 약간 혼돈스러웠다. 아마도 친구에게 그 어의는 '사회적으로 강자가 되어야 성공하는 것' 정도가 아닐까 싶었다. 굳이 묻지는 않았다. 다만 속으로 '불문가지(不問可知)라는 단어가 딱 이럴 때 맞지 않을까' 하고 어림했을 뿐이었다.

이제껏 '강하다'와 별 연관 없는 삶이었다. 이후의 생도 마찬가지로 진행될 것이라 여기며, 아니 아예 그 단어를 의식조차 하지 않으며 살아갈 인생이었다. 그랬는데 어느 날 '강하다'와 조우한 후, 지금은 그 단어를 듣는 것이 일상이 되었다.

암장에서 누군가가 볼더링 문제를 풀다 실패하면 지켜보던 동료들이 한마디씩 거든다.

"강해지자!"

클라이밍 초보 시절 암장에서 처음 그 소리를 들었을 때 무척 생소했다. 마치 나의 삶과 무관했던 어느 행성의 별 하나가 난데없이 가슴 속으로 쑥 박히는 기분이었던 것이다. '강해지자라니……' 그리고 이내 대학생 시절의 그 문구 "The strong is beautiful!"이 떠올랐다.

짐작만 했던 '강하다'의 의미를 곰곰 생각하기 시작한 것은 바로 그 무렵부터였다. 해답은 이내 명료하게 나왔다. 암장에서 외치는 '강해지자'는 육체적 단련과 클라이밍 무브를 통한 완숙을 의미한다. 하여 그 결과로 암장 동료들이 말하는 '강해지자'는 '어떤 지구력이나 볼더링 문제에 실패가 없는 등반을 하자'가 참뜻이 아닐까 싶었다.

클라이머들은 '강해지기' 위해 정말 부단한 노력을 한다. 실내외 암벽등반은 물론이고 부가적으로 신체적 수련을 절대 소홀히 하지 않는다. 일상적인 턱걸이나 팔굽혀펴기 정도는 기본이다. 그들은 등반 후 쉬는 틈을 타 클라이밍 트레이닝 행보드에 매달려 손가락 힘을 강화한다. 그들이 손가락만으로 턱걸이를 하는 것은 예사롭다. 고수들은 좌우 두 손가락만으로도 턱걸이가 가능하다. 또 너비 7밀리미터 바에 손가락들의 첫마디를 걸쳐 놓고 자기 체중을 이겨내는 마술 같은 지력(指力)도 보여준다.

뿐인가, 소림사 영화에서나 나올 법하게 철봉에 두 발등을 얹고 윗몸일으키기를 하는가 하면, 손목의 힘만으로 무거운 아령을 전후로 움직이는 기력(奇力)을 뽐낸다.

케틀벨을 쇠사슬에 끼어 앉았다 일어나기를 연신 반복하기도 한다. 누군가는 세로로 매달린 슬로프 홀드 두세 줄을 단번에 뛰어넘어, 예전의 차력사들 쇼 수준으로 캠퍼싱을 구사한다. 근사하게 발달된 근육으로 가득할 그들은 "강한 것이 아름답다"의 진수를 보여주는 듯하다. 구경하던 동료들의 입에서는 감탄이 절로 터진다.

이렇게 훈련을 하고 문제에 임했음에도, 완등을 못 하는 경우가 허다하다. 그때 동료들이 하는 말, '강해지자.' 이에 대조적으로 완등에 실패한 당사자의 반응은 '나약하다'이다. 실로 강-약의 완벽한 대비가 절묘하다.

위에서 언급한 대로 '강하다'와 별 상관없는 삶을 살아온 나로서는, 지금 클라이밍을 하는 과정에서도 '강함'에 대한 욕심은 그다지 없다. 그러나 '나약하다'라는 말은 결코 내뱉기 싫다. 그러니 내가 클라이밍에 열중하는 이유는 명확해진다. 나는 강해지기 위해서가 아니라 나약해지기 싫어서 운동을 한다. 그러다 보면 언젠가는 '강하다'의 언저리쯤에 가 있게 될지도 모르겠다. 요원한 일이기는 하겠지만……

'혼클'의 적적함과 동료들의 응원

젊은 친구들이 말하는 '혼클'은 혼자 암장에 와서 클라이밍을 하는 것을 의미한다. 이 용어에는 '혼밥'이나 '혼술'처럼 요즘 사람들이 언어를 축약해 사용하기를 즐겨하는 습관이 반영되어 있다. 그러나 클라이밍장에서 실제 '혼클'을 하는 사람은 많지 않다. 로컬 암장에서는 혼자 운동을 가더라도 자연스레 지인들을 만나기 마련이며, 다른 암장을 가는 경우에는 동료들과 대개 미리 약속을 맞춰 함께하기 때문이다.

그럼에도 간혹 '혼클'을 하는 클라이머를 목격할 때가 있다. 운동 초보자일 때가 그렇다. 그들은 아직 아는 사람이 거의 없어, 강습을 받고 남은 시간에 혼자 홀드를 붙잡고 끙끙거린다. 아니면 일정한 수준의 클라이머가 불현듯 너무도 클라이밍이 하고 싶어 암장에 가는 경우이거나, 지난번의 암장순례에서 깨지 못한 문제가 불시에 떠올라 충동적으로 집을 혼자 나서는 상황에서 '혼클'이 발생한다.

홀로 타 암장에서 운동을 해 본 사람은 그 고독감을 알 것이다. 생면부지의 타인들 틈바구니에서, 침묵으로 일관하며 홀드에 맞서야 하는 외로움을. 거듭 시도했으나 잘못 푸는 문제에 누군가의 도움을 받았으면 하는 마음이 간절해도, 실제 말을 붙여오는 이는 거의 없다. 그렇기에 되든 안 되든 휴식의 시간을 가질 틈도 없이 계속 문제에 집중해 체력은 일찌감치 방전되기 일쑤이다.

나 역시 그런 경험이 있다. 나는 일부러 타 암장을 방문하지는 않는다. 아직 가보지 않은 암장이 있는 그 근처에 갈 일이 있을 때, 겸사겸사 그곳에 들러보는 정도이다. 그러면 어김없이 예의 그 쓸쓸함이 밀려들고, 홀로 딱히 무엇을 할 것도 없고 해서 주구장창 벽을 오르다 보면 정말이지 녹초가 되곤 한다. 로컬에서의 동료들이 간절하게 그리워지는 순간이다.

친구, 혹은 동료들과 삼삼오오 모여 운동을 하는 모습은 정겹고 아름답다. 함께 간 사람들의 볼더링 성패에 기뻐해주거나 안타까워하는 정경은 그들 사이의 짙은 우정과 동료애를 엿보게 한다. 그들은 특히 동료의 실패에 조언과 격려를 더하며 다음 시도에서의 성공을 기원해주고, 그 기운을 받은 사람은 완등으로 보답한다.

동료들의 응원 방식은 대체로 다음의 네 가지로 확인할 수 있다. 첫째는 '박수'이다. 이것은 클라이밍뿐 아니라 모든 운동에서 격려와 칭찬의 응원 방식이니, 뭐 그리 특별할 것은 없다. 두 번째로는 '나이스'이다. 등반 도전자가 무난히 문제를 해결하고 완등을 했을 때 주위의 응원자들이 경쾌한 어조로 내뱉는 말이다. 마치 봄날의 햇살처럼 이 말은 밝고 '샤방샤방'하다. 셋째로는 '아!'이다. 이 말은 단말마의 탄식이 응원자 자기도 모르게 터져 나올 때 주로 들리는데, 그 정황은 등반자가 완등을 코앞에 두고 추락을 했을 때에 주로 발생한다. 다음으로 '집중'이 있다. 탑 홀드를 찍기 직전, 한 치의 실수도 용납되지 않는, 하여 고도의 집중력이 요구되는 크럭스 구간에서 클라이머에게 주의를 알릴 때 쓰는 응원 방식이다.

거기에 클라이머들에게만 주로 통용되는 공용어로 '가즈아!'가 있다. 다음 어학사전에 '가즈아'는 '어떤 일에 기대를 표현할 때 쓰는 말'로 뜻풀이가 되어 있고, "자신이 투자한 가상 화폐 가격이 급등 흐름을 보일 때 '가즈아'라는 말을 쓰는 것이 유행이 되기"도 했다고 덧붙여져 있다. 일종의 경제 관련 용어인 '가즈아'가 이질적인 클라이밍의 세계로 어떻게 유입이 되었는지는 알 수 없다. 하지만 '가즈아'는 내가 운동을 시작했을 때나, 지금이나 여전히 클라이머들 사이에서 애용된다.

'가즈아'의 응원법은 간단치 않다. 관성적으로 쉽게 내던지는 '가즈아'이지만 좌원우응(左援右應) 시의 그것은 상황에 따른 세분을 요한다. '가즈아' 응원법에는 성조(聲調)에 따른 뉘앙스의 차이가 엄밀히 존재하기 때문이다. 마치 15세기 국어에나 있었던 성조가 클라이밍장에 재림한 형국이라고나 할까? 다만 방점은 미적용이고 사성(四聲)에서 입성(入聲)은 제외된다는 점을 밝힌다. 그러니 삼성 체계에서만 이 방법이 가능하다. 그 내용을 간단히 설명해 보면 다음과 같다. 화살표는 성조의 진행 방향이다.

(1) 평성(平聲) '가즈아' →

평성은 낮고 짧은 소리이다. 이 응원은 문제 풀이를 시도하려는 클라이머에게 결의를 다지게 할 때 주로 사용된다. '가즈아' 뒤에 의지를 결연하게 만드는 느낌표가 따라온다.

(2) 상성(上聲) '가즈아' ↗

상성은 높은 음으로 올라가는 긴 소리이다. 이 경우는 클라이머가 탑 홀드를 찍기 직전, 위기 상황을 맞이해 성공 여부가 불투명할 때 발생한다. 응원자들의 아슬아슬

한 마음과 간절한 성공 기원이 함께 투영되어 무의식적으로 표출될 때 이것은 터져 나온다.

(3) 거성(去聲) '가즈아' →(높은 쪽의 화살표)

거성은 높고 짧은 소리이다. 주로 여성들이 응원할 때 많이 표출되는 고음이다. 역시 클라이머가 완등을 하기 직전의 상황에 대한 간절함이 반영되어 있다.

그러고 보면 클라이밍은 혼자 하는 운동인 듯하지만, 많은 동료들의 조력과 응원으로 행해지는 팀 스포츠가 아닌가 싶기도 하다. 물론 동료들 사이에는 우정만 존재하는 것은 아니다. 그들 사이에는 내밀하게 경쟁심리도 작동한다. 그러나 그것은 선의의 경쟁. 상대방의 클라이밍 실력에 질투나 시기가 있을 수 없다. 정직한 운동인 클라이밍. 동료의 실력은 그가 들인 노력에 비례해 상승한 것이다. 클라이머라면 그것을 누구든 잘 안다.

'클태기', 너 뭐야?

아무리 좋아서 하는 일이라도 어느 정도의 시간이 경과하면, 자기도 모르게 그 일이 좀 귀찮아지기도 하는 것이 인지상정이다. 세상만사가 그렇다. 일심동체라는 부부 사이에도 권태기가 존재하는 것을 보면 그 말은 틀리지 않아 보인다. 이처럼 날마다 하고 싶어서 미칠 지경이었는데, 어느 날 갑자기 그 열정이 싸늘하게 식고 암장에도 가기 싫어지는 이 피할 수 없는 증상, 그것을 클라이밍계에서는 '클태기'라 한다.

하지만 단언컨대 나는 '클태기'가 한 번도 없었다. 어쩌다 하루 이틀 정도, 몸이 피곤하고 클라이밍도 하기 싫어 암장을 안 간 적은 있으나, 나는 '클태기'에서 기간을 의미하는 그 기(期)에 해당하는 날들에 운동을 안 간 적은 없다. 나는 마치 사춘기 없이 무난하게 청소년기를 지나는 양순한 학생처럼 '클태기'의 위기 없이 지금껏 클라이밍을 하고 있다.

그럼에도 이 챕터의 글을 쓰는 연유는 주변에서 '클태기'를 겪는 동료들을 많이 보았기 때문이다. 한동안 암장에 나타나지 않다가 다시 나오는 동료를 보면 클라이머들은 우선 부상 걱정을 하게 된다. 하여 염려가 되어 물어보면 그들은 "클태기였나 봐요"라는 말을 적잖이 하곤 했다.

이해가 되기는 한다. 암장의 동료 대개는 이삼십 대의 나이이다. 이 휘황찬란한 세상에서 그들에게 다양한 분야에서의 유혹이 얼마나 많겠는가? 또 열심히 운동을 했음에도 실력이 생각만큼 늘지 않아 낙담해 클라이밍과 잠깐 멀어질 수도 있다. 학업과 직장에 치이면, 자연스럽게 '클태기'의 늪에 발목을 잡힐 수도 있다. 부상으로 한동안 쉬다 보면 클라이밍과 멀어질 수도 있다.

중요한 것은 그들이 '클태기'에서 허우적거리다 어떻게 빠져나왔는가 하는 것이다. '클태기'를 모르는 나는 그것이 궁금해 물어보았는데, 그들은 다음과 같은 답변들을 내놓았다. 거기에서 그들이 비록 '클태기'에 빠졌더라도 탈출하기 위해 부단한 애를 썼다는 점을 확인할 수 있었다.

일단 '클태기'에 직면하면 그냥 아무것도 안 하고 가만히 있는 사람들이 있다. 그간 열심히 클라이밍을 했기에 그들은 그냥 몸과 마음의 흐름에 맡겨둔다. 그러다 보면 언젠가는 다시 심신이 클라이밍을 간절히 원하는 순간이 있으리라는 믿음으로, 비교적 마음 편하게 '클태기'와 대적한다. 그렇게 소일하다, 클라이밍이 호출하는 마음의 소리를 들으면 행동을 개시한다.

'클태기'를 감지한 순간 '암장순례'로 그것을 극복하는 이들도 있다. 로컬 암장에서와는 다른 새로운 분위기와 환경을 맛보면서 원상태로 돌아가려는 것이다. 이때 그들은 '클태기'라는 말이 무색하게 많은 타 암장을 다닌다. 어떤 때에는 하루에 두 군데나 가서 운동을 하는 경우도 있다. 그렇게 하면서 그들은 사그라드는 것만 같은 클라이밍에 대한 열정을 회복하고 마침내 정식으로 홈 집에 복귀한다. 표정이 이전보다 한결 밝아졌음은 물론이다.

클라이밍 용품 이것저것을 구입하기도 한다. 이미 주력 암벽화에 보조 신발도 가지고 있다. 그러나 새로운 암벽화를 또 구입한다. 운동복도 몇 벌이나 가지고 있다. 그럼에도 새 운동복을 또 구매한다. 뿐인가, 별것 아닌 것 같은 사소한 클라이밍 물품들을 사들이는 데에도 게으르지 않다. 택배 상자는 현관에 자꾸 쌓이고, 하루에도 클라이밍 용품 언박싱을 몇 차례나 하며 '클태기'를 극복하기 위해 그들은 안간힘을 쓴다. 그 결과 방안을 가득 채운 클라이밍 장비들 더미……

'더 이상 클라이밍에 게으름을 피운다면, 이 산더미 장비들 앞에서 낯을 들 수 있겠는가?' 자책감과 함께 마음이 슬슬 동하기 시작한다. 결국 클라이밍 가방에 장비를 꾸린다. 물론 완전 초보처럼 모든 용구는 새것이다. 새로운 마음가짐으로 집을 나서 암장에 도착한다. 홀드를 바라보는 순간 어느덧 '클태기'는 저 멀리 사라져 있다. 알 수 없게 심장이 박동하고 숨이 벅차다. 이윽고 새 암벽화를 신고 벨크로를 단단히 고정한다. 새 초크백에 가득 담긴 새 초크 가루를 손에 묻히고 박수를 한번 탁 친 다음, 성큼성큼 벽으로 다가간다. 그리고 "새 신을 신고 뛰어보자 폴짝……"을 느꺼운 감정으로 시전한다.

'클태기'를 극복하는 방법에 대한 이야기를 썼지만, 실제 '클태기'란 없다. 위의 사례들은 클라이밍에 대한 뜨거운 사랑을 역설적으로 보여줄 따름이다. 그러니 클라이머들이여! 운동이 안 된다고, 뭔가 슬럼프라고 고민하지 말자. 이미 그대들은 클라이밍의 포로이며, 탈출이 불가능한 암장이라는 수용소에 갇혀 있다. 영화 〈빠삐용〉에서와 같은 극적 탈출은 그곳에서 불가능하다.

운동이 잘 될 때가 있고, 컨디션이 좋은 데도 안 될 때가 있음을 클라이머들 모두는 이미 경험한 바 있다. 그저 클라이머들은 운동에 성실하게, 꾸준히 임하면 된다.

"Slow and steady!"

참으로 진부한 격언이지만, 클라이밍에 이보다 잘 들어맞는 말도 없다. 어쩌면 세상사 모두가 그렇기도 하다.

클라이밍에서 사진과 동영상의 효용성

수업 시간에, 휴대폰에 저장해 놓은 사진들이 "자신의 삶을 구성하고 있는가?"라는 문제로 학생들과 이야기를 나눈 적이 있다. 이미지보다 활자에 익숙한 세대인 나로서는 "그렇지 않다"는 답안을 미리 내려놓고 있었다. 물론 나 역시 유아기 때부터 어느 시점까지의, 이제는 철지난 흑백사진들과 그 이후의 컬러 사진들을 사진첩에 보관하고 있기는 하다. 이따금씩 앨범을 넘기며 필름 카메라 사진을 통해 과거의 한 순간을 되새겨보기도 한다. 대체로 정겹고 흐뭇한 당시를 회상하면, 즐거운 미소가 나도 모르게 입가에 번진다.

그럼에도 그 사진들이 나의 삶을 구성한다고 생각하지는 않는다. 보관한 사진 속에 나의 나날의 삶이 대변되지는 않기 때문이라는 판단에서이다. 기실 과거에 사진을 찍는 것은 하나의 중요한 행사였다. 입학식이나 졸업식, 아니면 집안이나 지인의 경사, 놀러 갔을 때 기념으로 사진 한 장 찍는 일은 정말 특별한 행위였던 것이다.

어떤 면에서 당시의 사진 찍기는 앙리 카르티에 브레송 (Henri Cartier-Bresson)의 '결정적 순간'을 인위적 포즈로 실현한 결과물에 불과하다. 거기에는 그가 중시한 사진의 자연성을 통한 인간과 사물의 본질 드러내기와는 거리가 멀다. 대신 셔터를 잔뜩 의식하며 연출된 포즈로 카메라 앞에 서 있는 내가 대다수이기에, 그 사진들에는 대개 수전 손택(Susan Sontag)이 말한 대로 실제보다 "사물을 더 잘 보이게 해주는" 사진의 주요 기능에 충실한 모델이 서 있었을 따름이다.

이에 비해 사진 찍기의 일상화가 가능한 요즘 시대에는 상황이 다른 모양이다. 수업 시간에 판서 양이 많으면 사진을 찍어 그 내용을 저장하기도 하는 정황에서, 학생들의 사진 찍기는 공기를 마시는 것처럼 자연스럽고 일상적이다. 사진을 통해 자신을 구성한다는 학생 대다수의 답변은 바로 그러한 세태가 반영된 결과일 터이다. 실제 그들의 휴대폰에 보관되어 있을, '셀카'와 '인증샷', 그리고 일상적 사진들은 학생들의 대답을 증거하는 좋은 자료들이다.

암장에서 클라이밍 동작을 사진으로 남기는 사람들의 행동도 그런 면에서 이해할 수 있다. 어려운 문제를 완등하고 탑 홀드에서 '엄지척'을 하며 그들은 휴대폰 카메라를 응시한다. 말 그대로 카르페 디엠(Carpe Diem)! 사진으로 오롯이 현재를 붙잡은 그들의 삶은 차곡차곡 구성되고 있다. 함께 운동하는 친구들과 기념사진도 더 찍으면서 말이다.

어느 순간부터 암장에서 사진보다 동영상 찍기가 대세를 이루게 되었다. 아마도 인스타그램의 확산세에 비례해 급증한 듯하다. 인스타에 올라온 클라이밍 동영상들의 홍수. 많은 클라이머들이 그 영상을 통해 구성된 자신의 삶을 내보이고 실존을 증명한다.

처음 나는 그들이 꼭 그렇게까지 할 필요가 있을까 싶었다. 자신의 클라이밍 체험과 실력을 드러내기 위해 인스타에 영상을 올리는 행위가 좀처럼 이해되지 않았다. '낭중지추(囊中之錐)', '주머니 속의 송곳'이라는 말인데, 재능이 뛰어난 사람은 굳이 드러내지 않아도 남이 알아준다는 뜻이다. 이 사자성어의 의미를 신뢰하는 나로서는 저렇게까지 자신을 과시할 필요가 있을까 싶은 마음이었다. 더 왕짜증 나는 일은 새내기 초보자들이 한두 번 클라이밍을 경험하고 미주알고주알 아는 체를 하는 영상들을 보는 일이다.

나는 '꼰대'는 아니라 확신한다. 늘 젊은 학생들과 호흡하며 살고 있고, 인간과 세계에 대한 의식도 나름 진보적인 편이라 생각하고 있다. 물론 나를 가장 객관적으로 볼 수 있는 자는 내가 아니라 타자의 시선이라는 점도, 「리어왕」에서 "내가 누구인지 말할 수 있는 자, 누구냐?"고 한 셰익스피어의 말도, "내 속에 내가 너무도 많아……"라고 토로한 〈가시나무〉라는 노래도 알고 있지만, 아무튼 나는 노회한 '노땅'은 아니다. 그럼에도 "선무당이 사람 잡는" 식의 클라이밍 인스타들을 보면 기분이 언짢다.

'도대체 왜 이런 영상을 찍어 올리는 거지?' 하던 차에 암장의 동료 한 사람이 나의 등반 영상을 찍었다. 잘 가다가 크럭스에서 연거푸 실수를 하는 모습에, 나도 모르게 뒤에서 찍은 영상이다. 그는 그것을 나에게 전송해주었다. 암장에서는 그저 무심코 넘겼는데, 집에 와 동영상을 보며 그것의 가치와 효용을 실감했다. 22초에 불과한 그 영상에서 핀치 홀드를 제압하지 못하고, 작은 발 홀드에 힘을 더하지 못해 불완전한 자세로 버둥거리는 나를 발견한 것이다. 그 후 단점을 보완한 나는 다음번 시도에 그곳을 무사히 통과했다.

"아핫!" 하고 쾌재를 부르며 생각했다. 시대가 바뀌었다. 이 첨단의 기기를 활용해 클라이밍에 도움을 받자고. 여전히 나는 많은 동영상을 찍으며 운동을 하지는 않는다. 하지만 곤궁의 크럭스에 빠져 허우적거릴 때면 동영상에 도움의 손길을 뻗친다. 앙리 카르티에 브레송의 그 '결정적 순간'을 바로 동영상 촬영에서 발견하는 것이다.

아깐 분명 됐는데..;;
카메라만 켜면..ㅎ.,ㅎ

암장순례, 일명 도장깨기

나는 주로 로컬 짐에서 운동을 하지만, 많은 클라이머들은 암장 순례길을 떠난다. 마치 성지를 찾아다니는 순례자처럼 그들은 전국의 암장 곳곳을 누비는 것이다. 하여 우리 암장에서도 새로운 곳에서 클라이밍을 즐기기 위해 방문하는 클라이머들을 종종 볼 수 있다. 그들 대개는 새로운 볼더링 문제가 제출된 직후에 많이 찾는데, 이제 막 나온 '따끈따끈'한 '신상'을 풀며 우정을 돈독하게 하는 동시에 실력을 향상하려 애를 쓴다.

나의 홈 짐 볼더링 문제 출제자들은, 우선 등반 경력이 20년을 넘은, 이 책의 기술적 부분을 감수한 조오종 센터장님, IFSC 국제 루트 세터이자 〈역삼 클라임 랩〉의 센터장인 김동현님, 그리고 초빙 세터분들이다. 각자의 문제 성향과 볼더링 주안점이 다른 분들의 조합으로 출제된 문제들은 늘 클라이머를 곤혹스럽게 한다.

아마도 이 난처함이 클라이머들을 암장순례로 이끄는

것이 아닌가 싶다. 자신의 홈 짐에서 일상적으로 접하는 익숙한 패턴의 문제들과는 다른, 세터 저마다들의 개성과 취향이 오롯이 살아 있는 볼더링 문제들 앞에서, 클라이머들은 절망과 열광 사이를 왕복한다. 이미 그들은 힘겨운 문제들을 극복하는 과정에서 클라이밍 실력이 향상될 것이라는 사실을 잘 알고 있기도 하다.

타 암장에 많이 가보지는 않았지만 나 역시 몇 차례 고난의 행렬에 동참했던 적이 있다. 그 맨 처음은 〈산타 클라이밍〉 식구들과 함께했던 성수동의 〈서울숲〉이다. 어릴 적 성수동에서 살았던 나에게는 추억의 동네라, 클라이밍과는 무관하게 가기 전부터 좀 설레었다. 더욱 놀라웠던 것은, 〈서울숲〉 암장이 내가 졸업한 초등학교 바로 앞에 위치한다는 사실이었다. 그날 비가 많이 와 학교 안에는 들어가지 않았고, 먼발치에서 그저 지켜보기만 했던 나의 모교에 감회가 새로웠다. 개구쟁이로 운동장을 마구 뛰어다니던 나의 유년 시절 모습도 설핏 떠올라 느꺼운 마음도 잠시 일었다. 다음으로 갔던 곳은 일산의 〈더 클라임〉이었다. 이모님 두 분이 일산에 사시는데, 거기 가는 길에 잠시 짬을 내어 운동을 했다.

그리고 방문한 암장 두 곳은 제기동의 〈웨어하우스(WareHouse)〉와 을지로의 〈담장〉이다. 그곳을 찾아간 가장 큰 연유는 두 암장 센터장들과의 인연 덕이다. 처음 클라이밍을 시작했을 때부터 현재까지 〈웨어하우스〉의 김호현님, 한재권님과 〈담장〉의 김원영님은 나에게 친절하게 클라이밍 관련 조언을 해주었다. 또 실력의 답보 상태로 답답해하는 내가 문제점을 물으면 그들은 귀찮아하지 않고 늘 도움을 주었다. 그들의 호의를 지금도 나는 고마워하고 있다.

나는 지구력을 중심으로 운동을 하기에 그들의 암장을 자주 찾지는 못한다. 다만 몇 달에 한 번 정도 찾아가 그들과의 연을 잇고 있다. 아직 개장한 지 얼마 되지 않은 두 암장이지만 많은 클라이머들이 찾아준다는 소식을 들으면 흐뭇하다. 후배들의 암장이 더욱 번성하기를 기대한다.

지금까지 갔던 타 암장에서 나는 다음과 같은 느낌을 받았다. 일단 높이에 대한 부분이다. 나의 홈 짐은 최고 높이가 4미터 정도인데 그보다 높은 곳을 보며 나는 조금 무서움을 느꼈다. 특히 부상에 신경을 바짝 써야 하는 나이이기에 고도에 따른 위압감은 적지 않았다. 다음으로는 세팅의 차이이다. 앞에서 말한 대로 각 암장의 세팅에는 세터들 저마다의 색깔이 묻어난다. 마치 세상의 다종한 칵테일처럼 각각의 볼더링 문제에서 묻어나는 향취는 다르다. 그 변별성을 자주 접하지 못한 순례자 클라이머에게는 그것이 어려움을 준다. 문제 스타일의 차이로, 실력 있는 클라이머도 어떤 경우에는 쉽다는 문제를 못 풀 수 있는 것이다. 여기에는 기존에 보지 못한 홀드들과도 연관성이 있다. 홈 짐에서 익숙하게 접촉했던 그것들과 달리 각각의 암장에는 저마다의 개성적 형태의 홀드가 다양한 방식으로 배열되어 있다. 그 점이 홀드 제압을 어렵게 한다.

그럼에도 저마다의 스타일로 무장한 암장들을 방문하는 것은 클라이머에게 많은 도움을 준다. 비록 순례 암장에 '도장깨기'의 목적으로 들어섰다가 대개 내가 '깨지는' 일로 마무리되기는 하지만…… '도장을 깨든' 내가 '깨지든' 뭐 어떠랴. 우리는 모두 타 암장에서 하루를 불태웠으니 마음만은 뿌듯하지 않은가? 마침 암장 곁에 근사한 맛집이 있다면, 운동을 끝내고 동료들과 몰려가 결전의 무용담을 나누며 소주잔을 기울이는 것도 행복이다. 볼더링의 성패를 떠나 우리의 오늘은 히말라야의 고봉처럼 우뚝하지 않았는가?

먹성은 죽지 않는다,
다만 사라지지도 않을 뿐이다

내가 클라이밍을 시작할 당시, 이 운동의 입문자 대개
는 체중 감량의 목적이 컸으리라 생각된다. 일상에서 이
런저런 다이어트와 운동을 해보았지만, 참담한 실패를 맛
본 자들이 '클라이밍은 혹시?' 하는 심정으로 이 운동을
선택하는 것이다. 어디선가 한번쯤은 일별했을 이 운동이
그들에게는 꽤나 힘들게 보였을 터이다. 진력을 다해 헐떡
거리며 홀드에 매달리다 보면 자연스레 살이 빠지지 않을
까 하는 계산이 그들에게는 섰겠지. 기실 클라이밍은 중
력을 거스르며 자신의 몸뚱이를 끌고 올라가는 운동이니
누구나 힘에 부치지 않을 수 없다.
　나 역시 클라이밍에 발을 디딘 이유가 거기에 있다. 8자
로 시작되는 몸무게를 어떻게든 줄여볼 심산으로 암장문
을 두드렸던 것이다. 나의 간절한 바람은 삼 개월 만에 실
현되었다. 운동을 시작했을 때가 동계 방학 기간이라 시
간적 여유가 있었다. 나는 꾸준히 암장에 나가 강습을 들

으며 운동을 했다. 거기에 매니저님의 제안으로 암장에 갈 때마다 팔 벌려 뛰기를 200여 개씩 했다. 당시 운동을 온 사람들은 장년의 사내가 땀을 뻘뻘 흘리며 팔 벌려 뛰기를 하는 모습을 보며 '이건 뭥미?' 했을지도 모른다. 이 팔 벌려 뛰기는 다이어트에는 물론이고 약간의 근력 향상과 심폐기능 강화를 이끌어 클라이밍에도 적잖은 도움이 되었다.

내가 할 수 있는 만큼의 식이조절도 동반되었다. 방학 기간인 2월에는 '아점' 격으로 계란 두 알과 식빵 두 조각으로 토스트를 만들어 먹었다. 음료로는 우유에 서리태 가루, 그리고 뱃살을 빼기에 좋다는 귀리 가루를 섞어 마셨다. 그 후에 냉장고에 있는 아무 과일이나 몇 조각 먹고 식사를 마쳤다. 저녁은 식탁에 오르는 대로 가리지 않고 먹었다. 예전보다 밥의 양을 조금 줄인 것이 변화라면 변화일 뿐 다른 특별한 것은 없었다. 개강 후에는 아침은 굶고 학교에서의 점심 식사가 추가된다. 대신 치킨이나 피자 같은 야식만큼은 될 수 있으면 피했다. 뭔가 공복감에 시달리는 것 같다는 느낌이 적지 않았으나 그럭저럭 견딜만 했고, 그 결과 삼 개월 만에 나는 10킬로그램의 감량을 해냈다.

이제 약간 더 체중을 줄여 67킬로그램을 최종 목표로

삼고 있다. 20대 후반 나의 몸무게가 67로 기억되었고, 키가 175.8센티미터인 나에게는 그 정도면 적당할 성싶어서였다. '이야, 회춘이 별것 없구먼' 하며 느긋한 심사로 강의와 운동을 열심히 병행했다. 몰라보게 날씬해진 나에 대한 칭찬과 놀람의 말들을 들으며 우쭐해지기도 했던 당시였다.

학기 중에는 페이스를 유지하며 관리에 충실했다. 하계 방학과 함께 지인들과의 만남이 잦아지는 것은 체중 유지의 커다란 장애물이었다. 학기 중에 나는 사람들을 잘 만나지 않는다. 경조사 같은 특별한 경우는 예외이지만, 그런 일을 제외하고는 모든 교류의 장을 방학 때 진행한다. 내가 만든 '일자일일 맑정최다(일찍 자고 일찍 일어나 맑은 정신으로 최선을 다한다)'의 좌우명으로 학기를 보낸다. 숙취 남은 정신과 얼굴로 학생들에게 강의를 하고 글을 써서는 안 되기에 그렇다. 하여 소소한 일상사들은 방학 때에 다 처리하는데 친교 역시 거기에 포함된다.

사람 사이의 만남에 술이 빠질 수 없다. 나 역시 나름 호주가이다 보니, 유유상종이라고 주위 사람들 역시도 다들 '한술'하는 주당들로 포진되어 있다. 약속이 잡히면 '조금만 마시자' 하고 마음을 다잡지만 실제 실천은 어려웠다. 신경림 선생의 시 「파장(罷場)」의 첫대목처럼, 이

"못난 놈들은 서로 얼굴만 봐도 흥겨"워져 만나면 술잔을 기울이고 거의 고주망태가 되어야 직성이 풀리는 족속들이다. 그들과 만나면 반가움이 술잔에 꽉꽉 채워진다. 1차로 끝내려 했지만 아쉬움에 2차로 그러다 다가온 이별의 서운함에 3차로 이어지는 술자리. 취기는 오르고 위에는 안주가 층층이 켜를 이룬다.

체중 감량을 위한 그간의 노력은 이대로 물거품이 되고 마는가? 친구와 몸무게 중 무엇을 포기해야 하는가? 절체절명의 순간이다. 해결책은 단 하나, 나는 술을 마신 다음날에는 더 열심히 운동을 했다. 홀드를 잡을 힘도 없었지만, 아무려나 진땀을 흘리며 끙끙거렸다. 그럼에도 아직 67킬로그램에는 도달하지 못하고 있다. 하지만 곧 해낼 자신감은 있다. 꼭 그렇게 할 것이다.

암장에는 체중 감량을 위해 노력하는 이들이 많다. 한 후배는 밥 대신 먹을 계란 한 판을 삶아놓고 왔다면서 기염을 토한다. 그 후배는 또 이번 달에는 닭가슴살만으로 식사를 대용하겠다고 클라이밍 동료들 만인에게 결연한 선포를 했다. 후배의 목표 달성을 기원한다.

주말 오후에 운동을 하다보면, 친구들끼리 원정을 온 클라이머들과 만날 경우가 있다. 그들은 타 암장에서 자신의 실력을 시험하기 위해 무척이나 열심히 운동을 한다. 홀드에 맞서 맹렬한 전의를 불태우고, 운동을 마무리할 무렵 나오는 그들의 단골 멘트는 "나가서 뭐 먹을까?"이다. 나는 그 소리가 참으로 정겹게 들린다. 이삼십 대의 한창 먹성 좋을 나이에 운동까지 열심히 했으니 얼마나 배가 고플 것인가?

마침 우리 암장 앞에는 유명 맛집으로 손꼽히는 고깃집도 있다. 그들은 아마도 몸무게 따위는 걱정 않고 양껏 먹고 마실 것이다. 기초대사량도 높으니 안심이고, 찐 살은 운동으로 빼면 된다. 그들이야말로 힘든 클라이밍을 날마다 할 수 있는 체력의 소유자들이 아닌가?

하지만 나는 그들과 다른 연령대이다. 그럼에도 나 역시 먹성은 죽지 않고 활어처럼 파닥거리고 있다는 말을 덧붙이고 싶다.

완등을 향한 간절한 몸부림

다음 어학사전에 징크스(Jinx)는 "으레 그렇게 될 수밖에 없는 악운(惡運)으로 여겨지는 것"을 의미하고, 위키백과에는 "재수 없고 불길한 현상에 대한 인과 관계적 믿음"으로 명시되어 있다. 우리네 일상에서 흔히 사용되는 이 용어는 대사(大事)를 앞두었을 때 많이 언급된다.

운동경기에서 많은 선수나 감독들의 징크스 사례도 얼마든지 나열할 수 있다. 과거 어떤 프로야구 감독은 팀이 연승을 달리는 동안 거의 열흘이나 속옷을 갈아입지 않았다는 '웃픈' 이야기를 한 적이 있으며, 전 세계적으로 유명한 골프선수 타이거 우즈(Tiger Woods)는 시합 때마다 빨간색 티셔츠를 입는다. 그 연유를 묻는 기자들에게 그는 "운을 부른다. 그냥 징크스 같은 거다"라고 심상하게 대답했다.

징크스는 그러니 실패를 방지하고 보다 나은 성과를 거두기 위한 행위자의 심리적 부적 같은 것이라 할 수 있겠다. 전문가들 역시 징크스는 자신이 만들어낸 근거 없는 환상으로 일축한다. 징크스에 따른 일의 성패를 과학적으로 실증하기 어렵기 때문일 터이다. 그러나 결전을 앞둔 당사자가 심리적으로 내키지 않는 것을 최대한 피하려는 마음은 당연지사이다. 비록 그것이 미신의 영역으로 치부되더라도 승리와 성공을 위해서라면 그 정도의 수고는 아무것도 아니다.

아마 클라이머들 누구에게도 나름의 징크스 하나쯤은 있지 않을까 싶다. 올림픽이나 월드컵에 출전하는 국가대표 선수들에게만 징크스가 존재하지는 않을 것이기 때문이다. 클라이머 역시 완등을 목표로 최선을 다한다. 그럼 그들은 어떻게 부정적인 징크스를 극복하는 것일까? 의외로 해결책은 간단하다. 징크스와 관련된 모든 것과 반대로 행동하면 된다. 그것을 나름의 루틴(routine)으로 만들어 습관화하면 징크스가 스며들 틈이 완벽히 봉쇄된다. 루틴은 어떤 행위를 통해 실패를 방지하고 성공을 기대하게 한다는 목적으로 실행되기 때문이다. 루틴의 행위 역시 과학적으로 설명되지는 않지만, 목표 달성을 위한 간절한 몸짓으로는 누구나 수긍할 수 있다.

완등을 목표로 나는 어떤 루틴을 확립했는가에 대해 가만 생각해 본다. 암벽화를 오른쪽, 왼쪽의 순으로 신는 것도 하나의 루틴이다. 왼쪽 발로 먼저 착화한 적이 없어 이 순서의 뒤바뀜에 징크스가 있는지는 모르겠다. 아무려나 나는 늘 위의 순서대로 신을 신는다. 이것은 그냥 습관인가?

지구력 문제를 풀기 전에 꼭 홀드의 순서를 새롭게 되짚는 것도 있다. 이미 루트 파인딩은 예전에 끝났고, 반복해 오르는 문제이기에 대략 40-45개의 홀드 종류와 위치는 머릿속에 단단히 박혀 있다. 그럼에도 또 확인을 하고 등반을 시작한다. 그렇게 하지 않으면 왠지 중간에 추락할 것만 같은 마음에서이다. 암장 동료 누군가의 "아니, 왜 맨날 붙잡고 오르는 홀드를 매번 확인해요?"라는 혹시 모를 물음에 대비해, 나는 "아, 제가 원체 의심이 많은 족속이라 혹시 밤사이에 홀드의 위치나 순번이 약간이라도 바뀌었나 싶어 재확인하려고요"라는 열없는 답변을 마련해 놓았는데, 질문자는 아무도 없었다. 만일 나의 대답에 그가 "그런 것이 바로 징크스 아니오?"라고 꼬치꼬치 캐묻는다면, 나는 단호하게 "루틴입니다"라고 답할 준비까지 해놓았는데 말이다.

크럭스 구간을 넘어갈 때 혀를 내미는 버릇이 있었다. 혀를 내밀고 경이로운 포즈로 관중을 열광의 도가니로 만들었던 농구의 황제 마이클 조던(Michael Jordan)을 흉내내는 것이 아니다. 그는 혀를 정면으로 쭉 내민다. 그러나 나의 혀는 왼쪽 입술 끝을 향해 뻗어 있다. 언제부터 그 버릇이 들었는지는 모르겠는데, 어찌어찌 하다 보니 어려운 지점을 통과할 때면, 나도 모르게 혀를 내밀고 있다. 이것 역시 징크스라 보기는 어렵다. 그저 습관일 뿐, 그나마 코로나19 이후 마스크를 써야 했기에 이제 이 버릇은 없어졌다.

그렇다면 나에게는 과연 징크스가 없는 것인가? 아, 나도 유명 운동선수처럼 징크스를 하나 갖고 싶다. 완등에 대한 절박한 마음으로 자신의 일거수일투족을 엄격하게 통제하고 극복하여 완등을 이끌게 하는 징크스를…… 생각해 보니 있다. 등반 전 암벽화를 신고 오른쪽 손목 보호대를 착용한다. 다음으로 양 손바닥에 초크를 바른 후, 초크볼을 집어들어 손바닥에 한번 더 문지른다. 그 후 하는 내밀한 행동, 그것은 검지 첫 번째 마디에 묻은 초크를 반대쪽 엄지에 살짝 문대는 동작. 몸짓이 크지 않아 주위의 그 누구도 알아채지 못하는 그 작고 은밀한 몸짓을 나는 긴장된 순간마다 하곤 했음을 깨닫는다. 그렇게 하면 완등을 할 수 있으리라는 염원에서 비롯한 행위이리라.

징크스 대한 글을 쓰다 보니, 이제야 비로소 깊은 뜻을 알겠다. 클라이밍의 여제 김자인 선수가 등반을 앞두고 초크 가루 묻은 손바닥을 탁 소리 나게 마주치는 이유를. 세계적 선수들과 겨루는 대회에서, 그는 어떤 징크스도 용납하지 않겠다는 결연한 의지를 단 한 번의 강렬한 박수로 드러낸다. 동시에 그 루틴에는 심리적 불안과 초조도 날려버리는 일석이조의 효과도 내재되어 있다. 그리고 최종적으로는 "등반 벽과 클라이밍을 하는 내가 하나로 되어 있는 느낌"[08]만 남겨둔다. 거기에 징크스가 끼어들 틈은 바늘구멍만큼도 없다.

결국 클라이머들에게 징크스라는 것도 '다 잘해보자'는 절실한 마음에서 비롯된 것이다. 이 글을 읽고 있는 클라이머들에게는 어떤 징크스가 있는지 모르겠다. 모쪼록 슬기롭게 잘 극복 또는 활용하시기를!

08   김자인, 『클라이밍 몰입의 구조적 접근』, 고려대 석사논문, 2016, 28쪽.

압장 운영진의 노고에 대한 감사

2005년 청룡영화상 시상식에서 작품 〈너는 내 운명〉으로 남우주연상을 수상한 배우 황정민의 수상소감이 한때 만인에게 회자되었던 적이 있다. 그는 당시 "60여 명 정도 되는 스태프들과 배우들이 멋진 밥상을 차려 놔요. 그럼 저는 맛있게 먹기만 하면 되거든요"라며 관계자들에게 깊은 고마움을 표했다. 그러면서 대중들의 관심은 "저만 받는다"는 점에 미안한 마음을 아울러 전했다.

그렇다. 한 편의 영화를 제작하고 개봉하기까지 얼마나 많은 이들의 노력과 헌신이 필요한가? 후배의 단편 영화 제작 과정을 곁에서 지켜보며, 무사히 촬영을 끝내기까지의 어려움을 살폈던 적이 있다. 하물며 거대자본이 투자되고 감독 이하 조감독, 배우, 조명, 무대 설치, 컴퓨터 그래픽, 의상, 음악 등등의 전문가들이 모여 하나의 작품을 위해 공력을 들이는 영화판에서, 어쩌면 배우는 1/n의 역할에 불과할지도 모른다. 그럼에도 황정민의 말대로 관객들은 대개 배우에 환호하기 마련이다.

클라이밍장에서도 조연들의 희생과 헌신은 존재한다. 평소 암장의 주연처럼 보이지만, 대개는 뒤에서 묵묵히 궂은일을 수행하는 그들은 센터장, 매니저, 그리고 스태프들이다. 혹자는 "아니, 내 돈 주고 내가 가서 운동하는데 그 정도의 노고는 당연한 것 아니야? 요즘 어느 직종에서든 서비스 안 좋은 데가 어디 있나?"라고 필자를 힐난할 수도 있겠다. 하지만 암장의 무수한 홀드가 벽에 달릴 때까지의 수고를 안다면 섣불렀던 자신의 판단에 이내 머쓱해질 것이 분명하다.

볼더링 파티를 위해 기존의 홀드 탈거(脫去) 작업을 도운 일이 있다. 강의가 없는 날이었고, 마침 시간도 맞아 일손을 보탰는데, 그 일련의 과정이 녹록지 않아 놀라웠다. 벽의 홀드를 떼어내는 것이 맨 먼저 해야 할 일이다. 거기에는 전동 드릴이 필요하다. 가정에서 나사 몇 개 박고 빼는 것과는 차원이 다른 작업 강도이다. 왜냐하면 홀드의 숫자가 대략 700여 개는 되기 때문이다. 뿐인가, 하나의 홀드는 한 개의 나사로 고정되어 있는 것이 아니다. 다양한 크기의 볼트와 나사들로 홀드는 지탱된다. 그것들을 일일이 빼내어야 하는데, 그 많은 양의 해체 작업을 하다 보면 손목이 안 아플 수가 없다. 또 높은 곳에 위치한 홀드들은 사다리에 올라가 빼야 하는데, 이때 절묘한 균형을 잡지 못하면 나사 빼기는커녕 매트로 자빠질 수도 있다.

바닥에 떨어진 홀드와 나사를 주워 모으는 일도 진행해야 한다. 나사는 크기별로, 홀드는 색깔별로 구분해 매트 한쪽에 정리하는데, 이때는 허리의 굴신이 요구된다. 홀드 분류 작업도 한두 번으로 끝나는 것이 아니기에 동일한 동작을 백여 번 하다 보면 허리가 절로 아프다. 한쪽에서는 누군가가 쪼그려 앉아 모아 놓은 나사를 분류해야 한다. 동시에 또 누구는 벽에 붙어 있는 지구력 순번 테이프를 제거한다. 이 역시 높은 곳을 오를 때는 사다리가 필수이고, 밸런스도 잘 잡아야 한다. 아울러 볼더링 문제의 시작과 탑 홀드에 붙어 있는 테이프도 함께 떼어낸다. 이때 필요한 용구는 스크래퍼이다.

이제 새로운 세팅을 위한 작업의 하이라이트! 바로 홀드 세척이다. 이 작업은 수도꼭지가 있는 화장실에서 대개 행해진다. 많은 클라이머들의 손때가 묻은 홀드들, 초크 가루로 범벅이 된 애증의 홀드들을 깨끗하게 환골탈태시키는 일에는 고압 세척기가 사용된다. 가히 물대포를 연상시킬 만큼의 살수력(撒水力)을 자랑하는 그 공구를 능란하게 다루기 위해서는 일단 강한 악력이 요구된다.

고압건(gun)을 계속 움켜쥐고 있어야 하기 때문이다. 물을 분사하다 각양각색의 홀드를 뒤집어 뒷면까지 물세척을 계속하다 보면 저절로 "어이구!" 소리가 터진다.

말끔해진 홀드는 폴딩 박스에 담겨, 두꺼운 합판에 바퀴를 단 간이 이동 트레이로 옮겨진다. 천이 깔린 암장 매트 위에 가지런하게 펼쳐 그것들을 건조해야 한다. 이렇게 긴 시간의 노동을 마치면 하루 반나절 정도가 훌쩍 지나간다.

다음날은 홀드 세팅이 본격적으로 이루어진다. 센터장 혼자 많은 볼더링 문제를 출제하기에는 역부족이기에, 이 때는 전문 세터들이 활약을 하는 날이다. 여러 암장에서 문제를 만든 전문가들은 수많은 홀드들을 활용해, 암장 고유의 특성에 최대한 맞추려 한다. 여기에 드는 품도 적지 않다. 일단은 홀드의 다양한 조합을 고려하는 수학적 능력이 필요하고, 남녀노소 클라이머들의 신체적 특성과 운동 능력을 염두에 두는 인체 동력학을 작동시켜야 하는 것이다. 하여 그들은 이렇게 저렇게 홀드를 달았다 떼었다를 반복한다. 또 자신의 문제를 세터들과 함께 풀어보며 출제를 최종적으로 완성한다.

아울러 문제를 푸는 클라이머들의 안전에도 각별한 주의를 기울여야 하기에 홀드가 느슨하게 부착되었는지의 여부도 꼼꼼하게 점검한다. 아무 이상이 없다면 스타트와 탑 홀드에 난이도에 따른 색상 테이프를 붙이고 출제 작업을 완료한다. 마지막으로 암장 대청소. 암장 운영진들은 이제 녹초가 되었다. 그래도 암장에 올 클라이머들을 생각하면 마음이 달뜬다.

이렇게 완전히 새롭게 세팅된 홀드 사이사이에 또 다른 홀드를 넣어 지구력 코스를 만드는 일은 약 일주일 후에 시작된다. 이 작업은 대체로 센터장이 담당하는데, 이때도 문제의 난이도 및 동작의 연결, 완등에 필요한 무브 등을 고심하며 지구력 문제를 완성한다.

같은 시각 볼더링 파티를 하러 갈 클라이머들은 무엇을 할까? 그들은 좋은 성적을 내기 위해 결의를 다진다. 지난번보다 많은 문제를 풀자고 다짐을 한다. 또 이번에는 어떤 문제들이 나왔을까 하는 마음으로 설레기도 한다. 오늘의 결전을 위해 사흘 전부터 식단에도 신경을 썼다. 파티 시간에 맞춰 일종의 드레스 코드인 운동복을 챙기며 그들은 집을 나서 암장에 도착한다.

자, 이제 푸짐한 밥상이 클라이머들 앞에 차려져 있다. 이제 그들은 예의 황정민 말처럼 '숟가락만 얹으면' 된다. 그러나 잠깐, 성찬을 즐기기 전에 암장 운영진에 "애쓰셨다"는 말 한마디는 꼭 건네자. 아울러 감사의 마음으로 문제를 풀자. 타인에 '인정사정 볼 것 없는' 고도화된 신자유주의 시대에, '내돈내풀(내 돈 내고 와서 내가 문제 풀겠다)'식의 천박한 마음은 시궁창에 당장 내던져버리고, 나 중심이 아닌 타인의 입장에서 역지사지(易地思之)하자는 임마누엘 레비나스(Emmaneul Levinas)의 소중한 '타자의 철학'을 실천하자. 그것은 곧 저열한 자본주의에 저항하는 최대의 무기이기도 하다.

푸역푸역 플라이밍
5년차

1판1쇄 2023년 8월 25일

지은이 김병덕
감수 조오종
일러스트 장윤영
펴낸이 모영철
펴낸곳 모랑
에디터 장철한 진준걸
마케팅 박윤필 정대영
제작 박범수
인쇄 한국학술정보㈜
출판등록 제25100-2016-000042호
주소 서울 동작구 서달로12길 69-17
전자우편 morang.books@gmail.com

ISBN 979-11-968988-8-5 03810